佐野洋子の「なに食ってんだ」

佐野洋子
オフィス・ジロチョー［編］

NHK出版

序文にかえて

私達は新しい家に移り、母はもう下駄をはかなくてもよい台所で、家族六人分の三食の食事を作り、父が連れてくる酒飲みの大ぜいの客のために、料理をした。台所から、半間の廊下をまたいで食事を運ぶことに不便など何も感じなかった。茶ぶ台に四人の子供と両親は座りこんで、うん、あれが、家族の食卓というものだった。食事中に父と母が夫婦げんかを始めて、母が、エプロンで鼻をふきふき「どーせ、わたしは、バカですよ」と泣き出すことがあっても、うん、あれは家族の食卓というものであった。母は、システムキッチンがなくても、水道からお湯が出なくても、食事の仕度の最中に風呂がまにまきをつっこむことにも文句など言ったことはなかった。

私が結婚した初めてのアパートの台所は九十センチ四方の空間に流しと小さいガスコンロだけがあった。そこから、団地に移った時は、私はのたうち回って喜んだ。これは比喩《ひゆ》ではない。私本当にころげ回ったの。ダイニングキッチンがあり風呂があり部屋が二つあった。私はダイニングキッチンのテーブルの上にペンダントというものをぶらさげ、そこで二十人分の料理を作ったことがある。あの九十センチの台所の私は、サーカスの芸人のようだったと思った。

それから建売り中古住宅に移った。全《すべ》てが建売り中古住宅らしく、リビングキッチンもわずかに広くなり、私はそこで四十人分の料理を作ったこともある。台所に不足を感じなかった。そのダイニングキッチンで、私と夫は、テーブルをはさんでにらみ合い、家を崩壊させた。茶ぶ台ではない。テーブルで。

それから私は家を建てた。父が小さな家を建ててから三十年の年月が経《た》っていた。システムも器材も格段の進歩をとげて、私の家はお金がないから安く普通にとたのんだが、それでも、その時の普通は、自在にお湯の出る水道、三つあるガスコンロ、オーブン、電子レンジ、カウンターがあり、やはり格別に私は嬉しかった。放《ほう》っておいてもそれほど不潔になりようがない風に出来ている。私は私の台所が大好きだった。しかし、少しの年月ののち、私はそこで、自分だけの食事を作っているのだった。子供は独立してしまった。私は、何も文句のない便利な台所でボー然としている。

台所は、ただ料理を作るところだけではない。ものを食べるという事が作り出す人間のつながりとしがらみを作るところなのだ。

『ふつうがえらい』「茶ぶ台ではない、テーブルで」

もくじ

●現在の人権意識で不適切と思われる表現については、著者に差別意識がないこと、時代背景を鑑み、原文をそのまま掲載しました。
●読みやすくすることを意図し、改行位置、仮名遣いなどを一部改編しているところがあります。
●引用文中の＊は中略の意です。
●引用文以外は著者の近親者への取材をもとに原稿を作成しました。
●引用文、挿画の出典については２３９ページをご覧ください。

梅酒

毎年作っていた。
本人はお酒を飲まないため、
梅酒はどんどん増えていき、
今もまだある。

集めた重箱

スタンダードなものから六角形の入れ子重まで、いろいろ。

『私の洋風料理ノート』

『私の洋風料理ノート』と、この本についてのエッセイ「伯爵夫人のたいこ」の初出。「栄養と料理」（1985年4月号）に掲載。

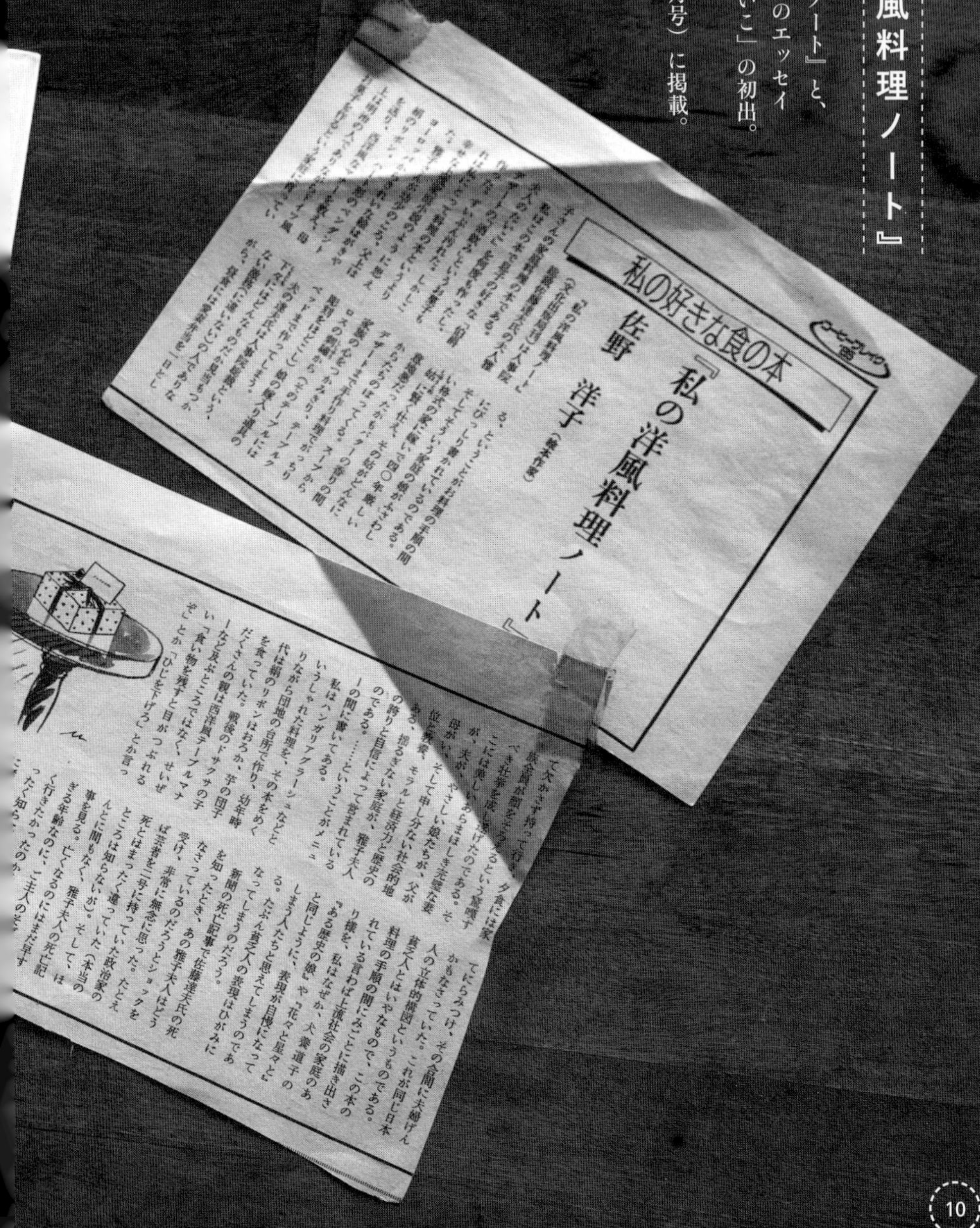

二時間も煮ますと、肉はスプーンをさすとすぐに柔らかくささるくらいになり、キャベツは濃い茶色にくちゃくちゃに煮上がります。
7 じゃがいものピューレーを作ります。
じゃがいもは皮をむいて大切りにし、水から塩ゆでします。ゆで上がったらゆで汁を捨て、もう一度火にもどして粉ふきいもにし、熱いうちにフォークでつぶしてしまいます。
じゃがいもが熱いうちにバター、砂糖を加えて混ぜ、火にかけて牛乳を少しずつ加えながら木しゃもじでふわふ
るまでしっかり
3 ●材料（きゅうり，りんごとキャベツのサラダ）
キャベツ(大きい葉)……3枚
きゅうり……2本
りんご……1個
ドレッシング
卵黄……1個分
からし……小山1
塩…小1，こしょう…小½
砂糖……小2
サラダ油……大1
酢……大2～3
生クリーム……大1
ねぎ(みじん切り)……小1
おいしくありませんから、気をつけてください。
4 肉を焦がしているあいだに、キャベツの葉を一枚ずつていねいにはがして洗います。これを手で適当な大きさにちぎります。
このとき包丁は使わずに必ず手でちぎるようにします。
5 4のキャベツを水気をきらずにそのまま3の肉のなべに入れていきます。ときどき玉ねぎの薄切りやキャラウェイシードをふり入れ、肉が見えなくなるまでキャベツを入れます。
キャベツが一度になべの中にはいりきらないときは、少し煮てキャベツがしんなりしてきたときに、次のキャベツを加えるようにします。
6 5のなべを弱火にかけ、味をみながら二時間ほど煮込みます。
水分はキャベツの水気だけですから、あまり早く、キャベツを洗っておきますとキャベツに水気がなくなってしまい、焦げやすくなります。キャベツはなべに入れる直前に、洗うようになさってください。
ハンガリアン・グラーシュ
134

愛用の調理具

片手なべは、
炒めものや揚げものによく使っていた。
南部鉄器作家の義弟が作ったすき焼きなべは、
お気に入り。
素焼きの焙烙《ほうろく》は、よく使った跡がある。

あ

【アイスクリーム】

◉『北京のこども』

汽車に乗った。
汽車はどこにも行かなかった。
ただただ同じ場所を走っているのだった。
空と地面が真っ二つになっていて、空の下は、ずっとずっとコウリャン畑で、
窓からはそれしか見えなかった。
真夏だった。
私は眠った。
目がさめると、汽車は同じ所を走っていた。

溶けたアイスクリームがあった。
小さな紙のカップの中を、薄い木の小さな匙《さじ》でかき回しても、
ほんの小さなかたまりさえなかった。

「捨てなさい」

と母は言った。

私は執念ぶかく、小さなカップをかき回しつづけた。

兄が私の寝ているあいだにアイスクリームを食べたと思うと、むしゃくしゃして仕方なかった。

窓から母がカップを捨てた。
私は身をのり出して、消えていく白いカップを見送った。

【青い梅】

◉『右の心臓』

わたしと兄さんは井出のトンネルの上の桑畑のところで、リュックサックを下ろしてあけて、中の少し赤くなって**ぶよぶよした梅をえらんで食べた。**

青い梅は毒だから食っちゃいけないってみんなも言ってたけど、アッチャンは、赤いのなら少しはええだよと自分の家の梅の木にのぼって少しだいだい色になったのをむしって、だいだい色のところだけ食べてあと捨てていた。わたしと兄さんは少し赤くなってぶよぶよしているところを食べて、わたしはあと捨てたけど兄さんは、

「平気だよ」

と**しんのところまでカリカリ食べた。**わたしはこわくなって、兄さんにしがみついてだめだよだめだよと言ったけど、兄さんはわたしがこわがるのを面白がって三個くらい食べちゃった。

1939年、夏。1歳の洋子と2つ違いの兄、尚史《ひさし》。仲良く何かを食べている。11歳で亡くなった兄は、エッセイや絵本などに度々登場する特別な存在。

【雨】

◉『私の猫たち許してほしい』「空から降るもの」

子どものころ雨が降ると外へとび出して、口をあけて天をあおぎ見た。目まではりさけんばかりに大口をあけても、口の中に入ってくる雨はたよりなく少なかった。**雨は甘かった。**

雨の中にはお砂糖が入っているのだという子どもの噂を、私は信じていた。

私は、口が疲れなくていいように、ままごとのバケツを外へ出して、ぬれながら、雨がたまるのをしゃがんで待った。

そしてわずかにたまった水に指をつっこんでなめてみた。少しも甘くはなかった。

私はまた天をあおいで口をあけた。

空から降ってくる小さな水はたしかに甘い。私は私の口とバケツの間で何かがおこるのだと思っていた。

【あんず】

◉『私はそうは思わない』「あんずいちじくバナナの木」

あっちゃんは、いちじくの木にのぼると、一人でむしゃむしゃと実をちぎって食べた。「洋子ちゃん、食っていいよ」といわれるまで、私は木の下で待ち、お許しが出ると喜び勇んでよじのぼった。しかし、遠慮があって、一番大きくておいしそうなのを食べると図々しいと思われるだろうなあと、気を使った。

あっちゃんの庭にはあんずもあった。**あんずはいちじくより赤くて可愛くて、ずっと果物らしかった。**いちじくよりも、偉そうであり、女の子の木みたいで、わたしもあんずの木が欲しかった。あっちゃんは、あんずに対していちじくよりも寛大ではなかった。

【いくら飯】

◉『覚えていない』「最後の男」

例えば、男のくせに、だしはかつおぶしで取るのがよい、それもパックではだめで、カツオブシブーンでもだめで、オカカ（これも手まわしかつおぶしけずり）もよくない、四角い箱のかんなでけずるべきだなどと言う男は、私は大嫌いである。

言わせてもらおうか、わたしは、かつおぶしババアと呼ばれている女である。

何でもかんでもかつおぶしをふりかける。家の**いくら飯は、いくら、生わさび、かつおぶしにしょうゆをまぜてかき回し、最後にもみのりもまぜ込む。**

【石】

◉『あの庭の扉をあけたとき』

しゃがんでいる前に、まるいひらべったい石があったので拾いました。スカートでこすって泥《どろ》をとって、手でぎゅっとにぎってまた手をはなすと、汗ですこし黒くなっているので、それを手でこすりました。すこし光りました。それから鼻にくっつけました。おでこにもつけました。どんどん光ってきました。

すこしなめてみました。ちょっとだけしょっぱい。

「なに食ってんだ」

ときゅうにおとうさんの声がしたので、わたしはびっくりしました。

い

いくら飯

大好きだったかつおぶしを
たっぷり使う。
いくらのしょうゆ漬けは、
筋子をほぐすところから始めた。

【材料】
- いくら
- 炊きたてのご飯
- 生わさび（せん切り）※なければ練りわさびでもよい
- 削り節
- しょうゆ
- 焼きのり

【作り方】
1 炊きたてのご飯に削り節、しょうゆ、生わさびを入れ、サックリと混ぜる。
2 温かいうちに1を茶碗に盛り、中央にいくらをのせる。ちぎった焼きのりを散らす。

【いなり寿司】

◉『神も仏もありませぬ』「じゃ、どうする」

「今日○○さんちのクリスマスパーティ行くの忘れてないよね」と朝早くサトウ君から電話があった。「う、うん、覚えているよ」。全然忘れていた。

昨夜、アケミさんとアウトレットに行く約束をしてしまった。昨夜から大雪だった。窓の外はまだ音もなく白い世界に雪が降りしきっている。嘘つくぞ、今から嘘つくぞ、と雪を見ていたら、また電話が鳴った。「ねェ、今日、何時頃から行ける?」アケミさんだ。

「すごい雪だね」「きっと混んでないよ、こういう日は」。アケミさんはうきうきしている。ゴメン。ゴメン。ゴメンヨ。「ねえ、道大丈夫と思う?」「平気。平気。洋子さんこわい?」「ちょっとね」。私全然こわくなんかないのだ。「私自信ないから、もっと天気のいい日にしない?」「やめる?」アケミさんはがっかりした声になった。忙しい人が、時間を作ったのがわかっているのだ。「うーん」「じゃ、またにしよう」「そーしようか」

嘘つき。嘘つき。私の嘘つき。

そして、大車輪で、いなり寿司を作って重箱に入れた。サトウ君とマリちゃんに、私、いなり寿司しか作れん人かと思われる。私は何かの時のために、油あげだけは煮て冷凍してあるのだ。

【岩魚】

◉『あっちの女 こっちの猫』

女は今日もまた、岩魚《いわな》釣りの名人の横でウロウロして、
空《から》のびくに一匹寄付してもらうのだ。
たった一匹の岩魚、七輪をとり出して炭で焼いていた。
匂いだけで悶絶《もんぜつ》せんばかりに
おれは岩魚を食いたかった。
女は、しゃぶりつくしたレースのような骨と
こげたしわの寄った頭をくれた。
口惜しいことに、それでさえ
うなり声を出してしまうほどうまかった。
口惜しいことに、おれは女に感謝さえしたのだ。

いなり寿司

酢飯に混ぜるのは、ひじきの煮物。
パンパンにご飯が詰まっていて、
とにかく大きい。

【材料】6個分
- 油揚げ…3枚
- 酢飯…1〜1.5合分
- ひじきの煮物…適宜
- かつおだし…200cc
- 酒…大さじ2
- 砂糖…大さじ4
- しょうゆ…大さじ4

【作り方】
1 油揚げは半分に切り、袋状に開く。熱湯をかけて油抜きをする。
2 なべにかつおだし、酒、砂糖、しょうゆを煮立てる。油揚げを入れ、落としぶたをして味がしみるまで煮る。
3 ひじきの煮物を混ぜた酢飯を、油揚げに詰められるだけ詰める。

う

【うなぎ】

◉『あれも嫌い　これも好き』「食べて下さい　残して下さい」

戦後誰もが貧しかった。父は原因のわからない病気になった。味覚がなくなり、食欲がなくなった。次第にやせていき、ほとんどごはんもおかずも一口か二口ではしを置く父を見ると、私は腹の底に希望のない悲しみがうすい紙を重ねるような気がした。それでも父は、時々「うなぎを買って来い」と私に命じた。その街の一軒だけあったうなぎ屋に向かって、私は必死で自転車をこいだ。**うなぎ屋の近くに行くと、うなぎのにおいで、私は悶絶せんばかりだった。**私はたった一串のうなぎを買うのだ。うなぎ屋のおやじは、ぬるぬるとのたうつうなぎを器用に桶《おけ》からつかむと、まな板に頭の真中を押しつけて、太い釘《くぎ》で一発で固定させる。金づちで釘を貫通させる時、うなぎはかならずキューと言った。頭をぶち貫かれても体はもうれつに生きているが、おやじはすっとうなぎを左手で一本にすると、あっという間に腹をさいてうなぎは一枚のぺらぺらしたかば焼き前のうなぎになった。それから、長いほそい骨を、一片の肉も残さずにそぎ離すと、トーンと頭を切り落とす。

＊

注文した一串のうなぎを炭火の上でバタバタとうちわをあおいでけむりを私の方に送って来る。ドボンとたれの中に何度もくぐらせて、**うなぎはてかてか光り出し、身がふくらんできて、私の口の中はつばきだらけになった。**たった一串をきょうぎにのせて紙でつつんでわたされると、うなぎの熱が私の手に伝わってきた。**うまそうな熱さであった。**律儀な私はうなぎが冷えないように、もうれつないきおいで自転車をこぎまくった。始めのうちは父は、四人の子供がうなぎだけを凝視する中を平気で一串たいらげた。

食いたい気持と、平らげられたうなぎで、父は元気になるのだという安心感とで、私達は心乱れていたのだと思う。

そのうち父は、一串の半分を残すようになり、残されたうなぎを私達は小さく分けてごはんの上にのせた。あの複雑な気持が忘れられない。夢をみるようなうまさと、もう半分しか食えなくなった父。骨ばかりでギョロついた父の様子を見ると、決して奇跡はおこらないのが子供心にもわかるのだった。

＊

一串のうなぎの皿を見ながら、食ってくれ全部食ってくれと私は祈り、残してくれ残して食わせてくれとどこかで思い、そして残されて絶望的になった子供心が、今もどこかにはりついて消えない。

【鰻のマリネ】

◉『がんばりません』「異国のかば焼き」

ベニスの裏街を歩いていた時、レストランのウインドの中に黒々ととぐろを巻いている鰻《うなぎ》が一匹いた。私は外国で初めて鰻を見て、それもあまりに鰻々していたのでレストランに入って、指さした。ウエイターはまじまじと私を見た。あのとぐろを巻いている鰻をどうやって処理して食わせるのか。あっという間に白いでっかい皿に、とぐろを巻いた黒々とした鰻をでんと真ん中にのっけて、私の前にウエイターは置いた。頭もしっぽも河からとれたまんまをゆでて、酢と油につけたものだった。これをナイフとフォークで食うのか。何とも恐ろしい味であった。第一骨から身がとれなかった。ほとんどとぐろを巻いたまんまの鰻を私は断念した。**あーイタリア人にかば焼きってものを食わせてやりたい。**

1967年頃、ドイツ留学中。

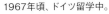

【えだまめ】

◉『食べちゃいたい』「えだまめ」

私小さい時、学校で泣いてばかりいた。でも家へ帰ると、母さんや父さんがわかると心配するから、泣いたことばれないようにしていた。だって父さんも母さんも、私と同じだったんだもの。

私、学校で猿とか毛虫とか言われてた。毛深いから。私だけ毛深かったから。

私がいつかお風呂で、自分の毛むしり取ろうとしたら、父さんが、「もしもお前がほかの子供のようにつるつるだったら、お前は父さんの子でもなければ母さんの子でもないんだよ」と言った。

母さんは、「大人になって、たくさん子供が出来るのよ。ほかの人には信じられないくらい。それまで自分を大切にしなくっちゃ」と言った。

私、十五の時はもうすっかりグレちゃっていた。**あの男の人が私を食べた。**私のふくらみかけた体を指で強く押したのだ。私、自分でびっくりした。だって信じられないくらい、きれいで光った私の体が真っ青になって飛び出して行ったのだ。

あの男の人の舌と歯の間で、男の人の喉を通りながら、私もう子供を産めないんだ、母さん悲しむなあと思いながら溶けていった。

え

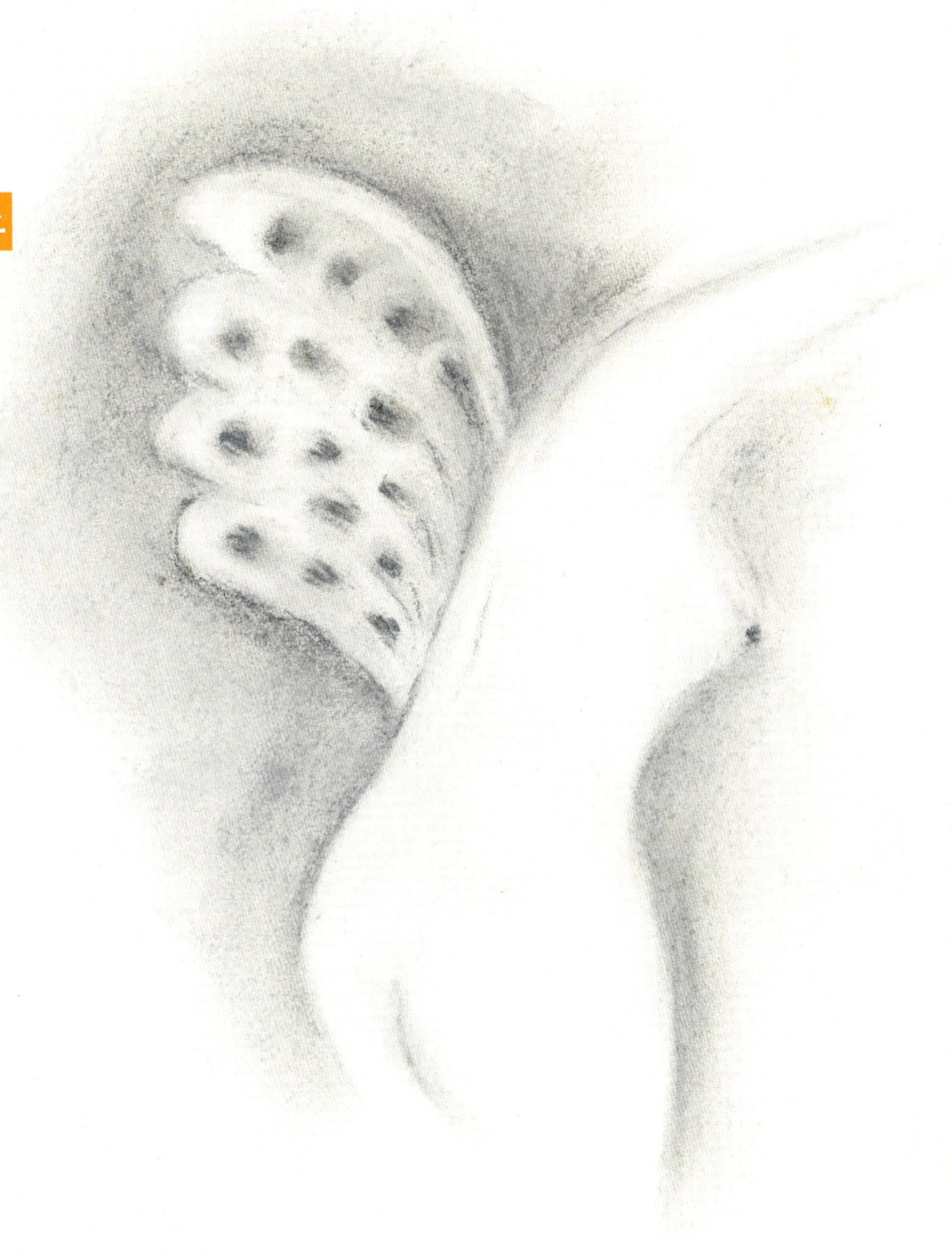

【鉛筆】

◉『アカシア・からたち・麦畑』「釘」

私の鉛筆はHBと書いてあるところまでかじってあって、トンボ鉛筆のみどり色の塗料が、パリパリはげて、**塗料ははき出して、木をかじった。芯も食べた。**

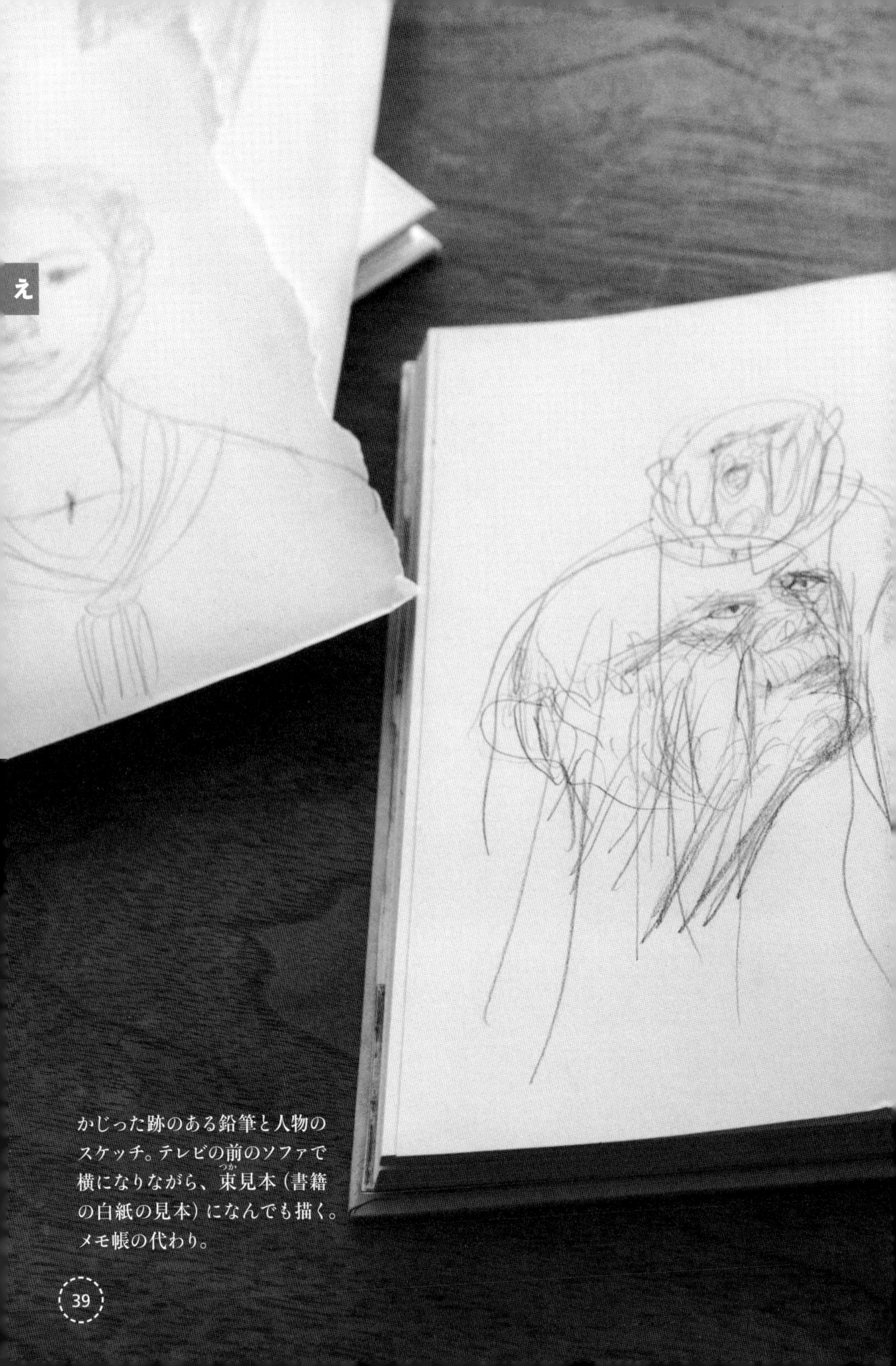

かじった跡のある鉛筆と人物のスケッチ。テレビの前のソファで横になりながら、束《つか》見本（書籍の白紙の見本）になんでも描く。メモ帳の代わり。

お

【大きなさかな】

◉『100万回生きたねこ』

どんな　めすねこも、ねこの　およめさんに
なりたがりました。
大きなさかなを　プレゼントする　ねこも　いました。
上等のねずみを　さしだす　ねこも　いました。
めずらしい　またたびを　おみやげにする
ねこも　いました。

りっぱな　とらもようを　なめてくれる
ねこも　いました。
ねこは　いいました。
「おれは、１００万回も　しんだんだぜ。
いまさらおっかしくて！」
ねこは、だれよりも　自分が　すきだったのです。

【おこげごはん】

◉『私はそうは思わない』「なんだか料理を逆に作るのね」

チャーハンもおじやもあきて、どうしようと思っている時、中国料理の本におこげごはんの作り方というのが出ていた。

残ったごはんをフライパンでのして焼いて、油で揚げて、上にあんをかけるのである。あんの材料は、貝柱、豚肉、ロースハム、あわび、しいたけ、竹の子、野菜色々、写真を見ると実にうまそうである。栄養もありそうではないか。私はこれだと思い、材料を仕入れてきて、一人で作って一人で食った。

残り物のごはんなど主婦が昼飯に一人で食うものである。真昼間、私はうん、これはおいしい、よかったよかった、ごはんを無駄にせずにすんだと満足したが、はっとした。

材料費が×千円を超えている。主婦の昼食として適当であろうか。残飯を捨てないという執念があらぬ方向に走るのである。私は口惜しいと思い、頭の悪さに恥じ入り、それでもごはんを捨てずにすんだとどこかで満足もしているのである。

おせち

◉『あれも嫌い　これも好き』「十文字の重箱」

三段をずっしりとつめ終わり、腰に手をあててにんまり笑い、ふと猫がいることに気がつきました。**猫に中身を食われては大変**と私は重箱に十文字にひもをかけたのです。そして重箱つき元旦を待つべく私は眠りにつきました。元旦の朝私が見たものは、バラバラにこわれた重箱ととび散った黒豆や里芋の煮物でした。猫がひもにつめをかけテーブルの上から床に重箱全体を落としたのです。一の重は完全にバラバラになっていました。二の重は四すみにひびが入っていました。ふたにはへこみが出来てうるしがはげていました。人はあまりにショックを受けるとどうなるか、まるで五重の塔が爆撃を受けたのを見ている気持ちで静かに静かに立ちつくすだけでした。猫をひっぱたくアイデアもうかばないのです。

あー、ひもなんかかけなければよかった。と思った瞬間、私は床につっ伏し、ウオーウオーと身をよじって泣きました。二、三年使ったのなら、少しはあきらめもついたかも知れません。まっさらな処女だったんだよ。嫁に行く朝、交通事故にあったきんらんどんすの花嫁みたいではないですか。

洋子のおせちを再現。左上は、昆布巻き、ごぼうの牛肉巻き。下は、なます、きんとん、花豆、松前漬け。これらは手作りだったが、買ってくる伊達巻が好物。

お

【親子ドンブリ】

◉『ラブ・イズ・ザ・ベスト』「ねェねェ私のこと好き?」

「ごめん、ごめんね、どうしよう」私は叫び続けた。

奥さんの犬よりも好きなにわとりを、うちの犬がたべちゃった。たぶん、昨夜の六時にはにわとりはどっかの木に生きていたのだ。そして九時までの間につかまえて、犬小屋の中に入れていたに違いない。夜中につながれた犬の前にのこのこちゃぼが降りてきたとは考えられない。

「犬だもの、仕方ないわよ」奥さんは言ってくれた。

モモ子は、自分のまわりに人が集まってきたのでしっぽなんかふっている。十分いただいてお腹《なか》いっぱいなので、うめられた獲物にも未練はないらしく、やたらに元気がいいのである。

私はこれがもとでお隣と具合が悪くなったらどうしよう。犬をくさりでつながなかった私にどう考えても非がある。私はウロウロと午前中家の中をうろつきまわり、どうお隣にあやまったらいいのかわからない。

私は思いきって電話をした。

「ねえ、お昼一緒にごはんたべない?」

「いいわよ」

「じゃ、出来たら、電話する」

私は冷蔵庫をあけて、あるものをかき集めて、大急ぎで夢中で昼ごはん作り、テーブルに並べて、電話した。

すぐに奥さんが玄関から入ってき、入ってきた時、私はとび上がってしまった。

私は親子ドンブリを作ってしまったのである。

「どうしよう、どうしよう、ごめん、どうしよう」私はまた叫んだ。

「どうしたの」

「親子ドンブリ作っちゃった。わざとじゃないの、わざとじゃないの」

私は失神しそうだった。その時隣の奥さんは言ったのである。

「あら平気よ、わたし今朝とりのからあげ食べたわ」

『親子ドンブリ』その後

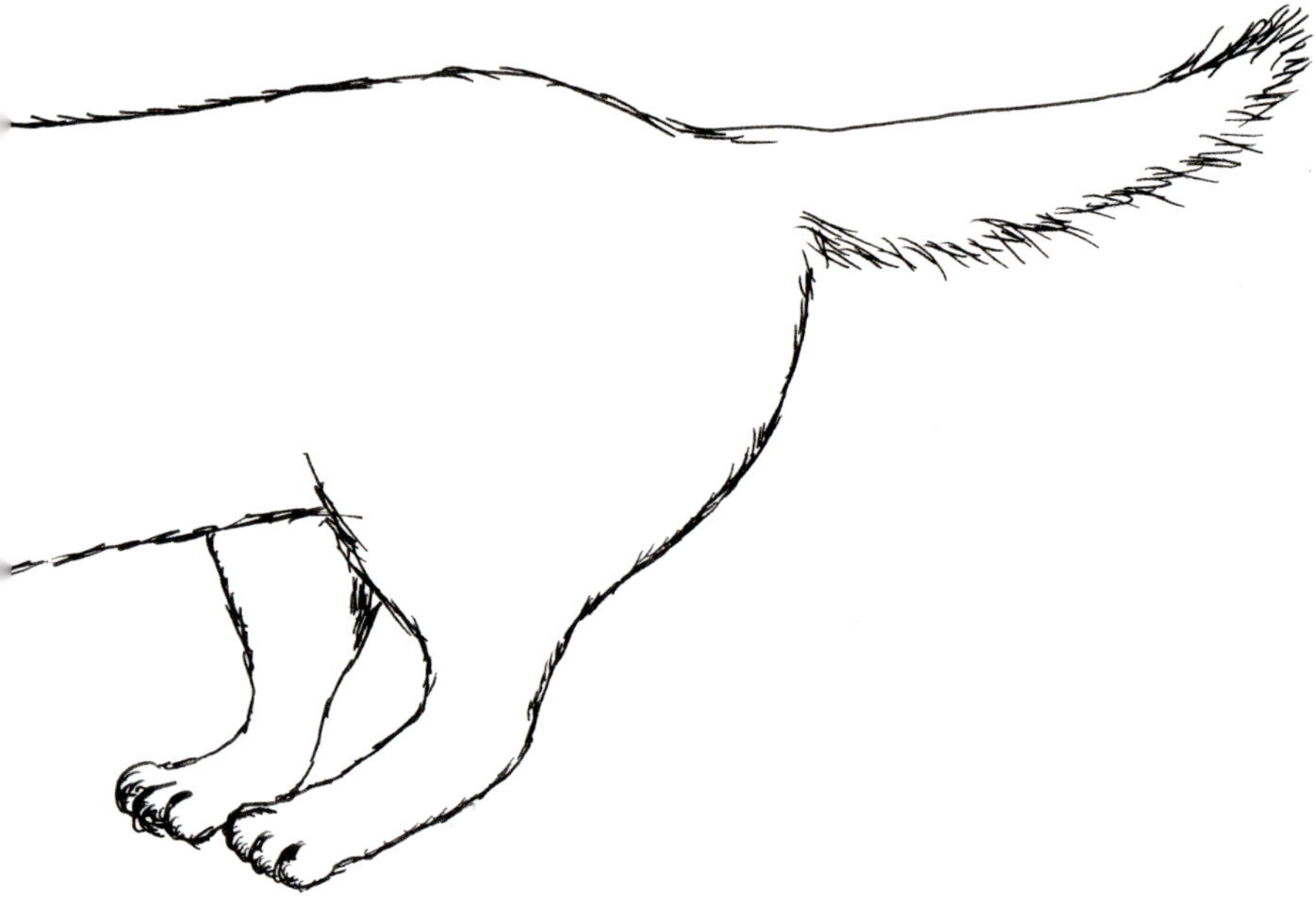

後日、にわとりを食べられてしまったお隣の家族と「南極物語」をビデオ鑑賞。置き去りになった犬のタロとジロが、鳥をつかまえ食べるシーンで洋子再び失神しそうに。

お

か

カオヤーズ（北京鴨）

◉『北京のこども』

大きなレンガに囲まれた部屋があって、下から火がオレンジ色の炎を出していた。オレンジ色の炎のために、レンガが赤く光っていて、部屋中オレンジ色だった。そして天井から毛をむしられて丸裸になっている鴨が、だらんと首を下にして、何匹もぶら下がっていた。

いま毛をむしられたばかりの白っぽい鴨から、茶色に光って汁をしたたらせている鴨まで、ぎっしりとぶら下がっていた。とり肌立っている鴨は、寒そうで暑そうだった。

私たちは鴨が焼けるあいだ、金魚を見にいった。

＊

私と兄は、高い椅子のある部屋のじゅうたんにころがって、待ちくたびれていた。鴨が焼きあがらないのだ。

床にころがるたびに、

「汚ない、立ちなさい」

と言われ、私は、

「まだ？　まだ？」

とききつづける。

私は待って待って待ちつづけた。

グリーン地に金色の模様のある椅子張りの生地《きじ》しか見えない。

私はもう、自分がよそ行きの洋服を着ていることの興奮などなくなって、ひたすら退屈していた。

私は永遠に北京鴨《カオヤーズ》が焼きあがるのを待ちつづけたのだ。

か

柿は必ずぐちゅぐちゅに熟すのを待ってから凍らせる。スプーンですくって食べた、北京の味を思い出す。

【柿】

◉『右の心臓』

それから父さんは柿の木の話もした。わたしの知っている柿は北京にいた時、冬になると、柿屋さんが車をひっぱって売りに来る柿だけで、柿が木になることなんか考えたことがなかったから、柿が木になるのかとびっくりした。北京の冬の柿屋の柿はひらべったくて大きくてぐちゅぐちゅにじゅくしていて凍っていた。それを真二つに切っておさじですくって食べた。**しゃりしゃり凍っている柿をストーブのそばで食べた。**凍った柿が木になっているのだろうか。あんなまっ赤でぴかぴか光っているのがびっしり木になっているのだろうか。内地はきらきら光る竜宮城みたいなところなのだ。

【かつおぶし】

◉『覚えていない』「最後の男」

こんにゃくの煮付けは、**もうかつおぶしまみれで、アスパラガスもかつおぶしがこんもり。**しょう油をかけて、その上に気味悪いマヨネーズがとぐろを巻いている。大根のサラダもかつおぶしと梅たたきで和《あ》える。勿論《もちろん》、味噌汁《みそしる》もかつおぶしである。

*

ちんこくなったかつおぶしもかんなでけずって爪《つめ》なんかかつおと一緒にけずっちゃって血流してさあ、私がかんなで必死の形相でかつおぶしをけずっているのを見て、友達は、私の嫁にはなりたくないと思ったって。だから、オカカという手まわしかつおぶしけずりが出てきた時は、私、オレンジ色のプラスチックのオカカ抱いて、スキップしちゃった。いや、楽になりました。

【カルピス】

◉『問題があります』「薬はおいしい」

ときどきカルピスを飲んだ。サイダーも飲んだ。カルピスの嫌いな子どもがいるだろうか。飲むたびに感動した。**わたしのカルピス好きは一生続く。**今でもあの白地に青い水玉模様を見るだけでうれしい。そしてカルピスを飲むたびに子どものときの感動を思い出す。

子どものときの日々が楽しいだけでなかったとしても、カルピスはいつもうれしく感動した幸せの瞬間を、夏の明るい日射しと共に再生する。

【カレー】

◉『シズコさん』

カレーは少量の豚肉が入っていて、辛いものが食べられない子供にはメリケン粉をといたものを入れてトロミをつけ、今ではホワイトシチューと言うようなもので白かった。大人用にはそれにS＆Bのカレー粉を入れたものだった。やたら人参《にんじん》が多かった。**子供たちはそれがカレーだと思って、大喜びで食べた。**

かつおぶしは家で削る。そういう
ものだと思っていたから。

き

【キャベツ】

◉『あっちの豚 こっちの豚／やせた子豚の一日』「やせた子豚の一日」


窓から明るい朝の光がさしこんでいます。

「いい朝じゃないの。ありがたいね、ほっといても朝になる」

やせた子豚はキャベツだけをパリパリたべます。

「とうさん、わたしもっといろいろたべないと大きくなれないよ」

「ふとりすぎってのもかわいくないぜ」

「やせすぎの豚もわたしいやなの」

【きんとん】

◉『役にたたない日々』「二〇〇三年冬」


さつま芋を煮るか蒸すかで我が家とトト子さんのうちはちがう。煮ることにした。

去年はきんとんで大騒動だった。

去年、北軽井沢で、ササ子さん達と正月料理を作った。

私は売っているような真っ黄色いてかてか光っているのは品が悪いと思うので、母が作っていた通りの田舎くさい芋っぽいのを作ろうとしていた。くちなしと一緒に芋を煮て、うらごしにかけているとササ子さんが、「ウーン、ウーン」と首を振る。シカトしていると、「ウーン、ウーン」としつこく首を振り続ける。

「もうちょっと黄色くなくっちゃーネー」。気がつくとササ子さんは芋からとりのぞいたくちなしをたたいて、つぶして色素をしぼり出していた。

放っといたら、ササ子さんはその汁をきんとんに入れてまぜていた。

放っといたら、きんとんは黄色というより茶色になっていた。

放っといたら一人で「うん、これでいい」と満足していた。「ふーん」と私は言ったが、腹の中では「やりすぎだよ」と思っていた。

でも、どうでもいい事である。ササ子さんにはどうでもいい事ではないらしいので、私は料理から手を引いた。私はどうでもいい事が多すぎるらしいが、ササ子さんはどうでもよくない事が多すぎるらしい。人の性質は変わらない。十年以上前、サランラップの大きさと切り方とサランラップの箱のふたのしめ方など、私に指南した。どーでもいいじゃん。「私しゃあんたとは一緒に暮らせんね」と私はその時に言ったらしい。ササ子さんはいたく傷ついたと、今でも時折り言うが、つい先日、おしりのふき方も指南した。

【材料】
●さつまいも…1〜2本
●くりの甘露煮（市販）…12個
●くちなしの実…2個
●砂糖…100g
●くりの甘露煮のシロップ…カップ1/3
●塩…ひとつまみ

芋っぽいきんとん

好みは芋っぽいきんとん。
少しくらいパサパサしてもいいので、
水あめを入れずに作る。

【作り方】

1 さつまいもは皮をむいて3cmの厚さに切り、水にさらしてアクを抜く。

2 なべにさつまいもとくちなしの実を入れ、かぶるくらいの水でゆでる。さつまいもがほどよい色になったらくちなしの実を取り出す。

3 さつまいもが柔らかくなったら、なべから上げてゆで汁をきる。熱いうちに裏ごしする。

4 3をなべに戻し、砂糖、くりの甘露煮のシロップ、塩を加える。

5 弱火にかけて全体を練る。ボソッとしてきたらくりの甘露煮を加え、全体を混ぜる。

き

【ぎんなん】

◉『役にたたない日々』「二〇〇四年春」

ノノ子は座って、ぎんなんをむいていた。見るとぎんなん割り用のペンチ状のものがある。「やらせて」と言って、パチパチとぎんなんを割った。いや具合がよい。また、私は流れ作業を提案する。「私が割るからあんた中味を出しな」旦那はテーブルの上にほうれん草のごまよごしを出した。ちゃんとすりばちで黒ごまをすっていた。それからかぶの酢のものを出した。鷹の爪の赤がきれいである。「君たち、そこ片づけて」と言われて、私はぎんなん割りをまだやりたいなあと思った。

＊

ぎんなん割り器を借りて、十時半ごろに帰った。帰りは全然迷わなかった。帰って来てすぐ、うちのぎんなんを割った。あっという間に割れて、私は植木屋みたいに、**ぎんなん割り器をカチカチさせて、もっと割りたい、もっと割りたいと思った。**時計を見たら十二時二十分だったので寝た。

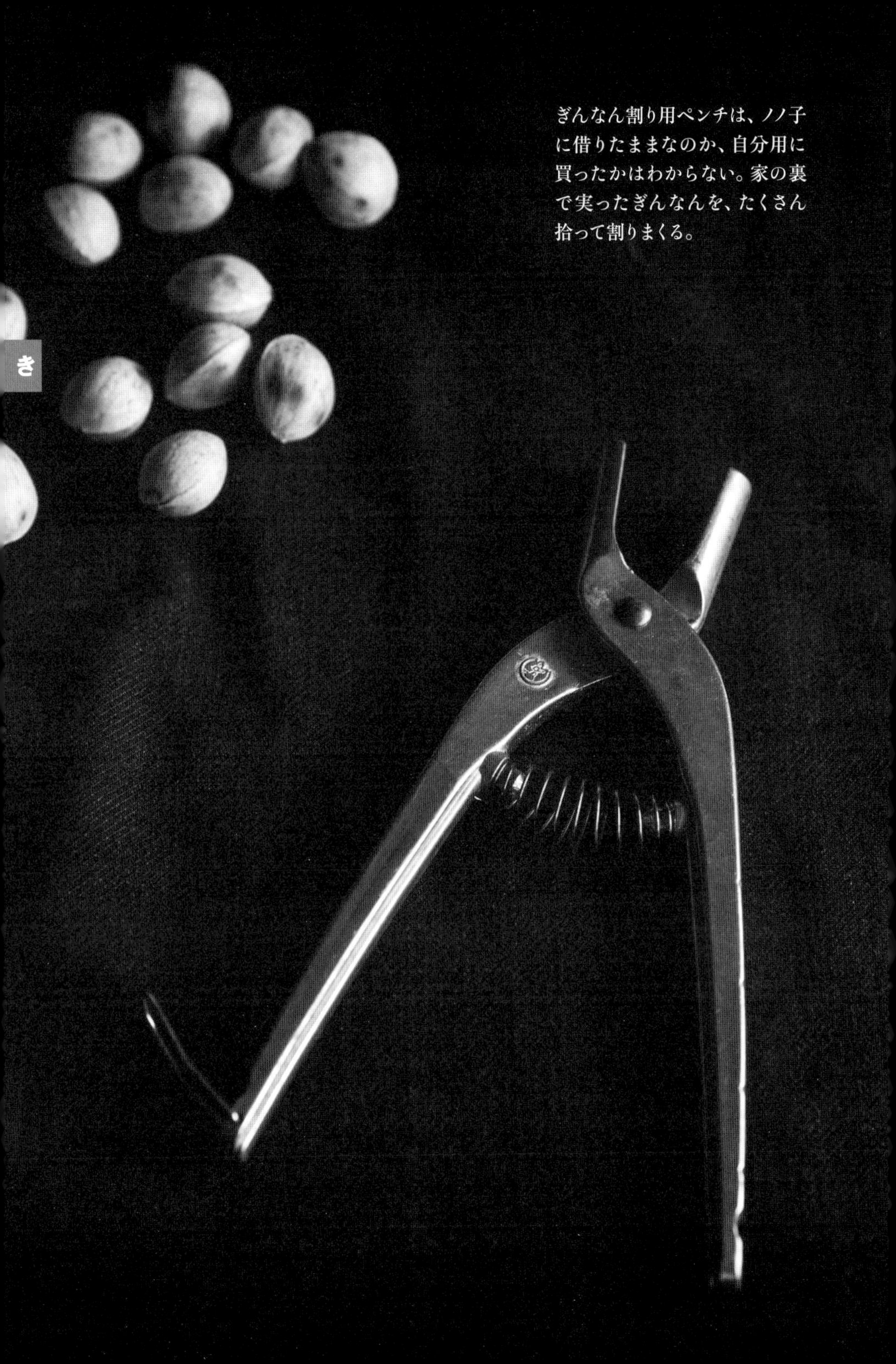

ぎんなん割り用ペンチは、ノノ子に借りたままなのか、自分用に買ったかはわからない。家の裏で実ったぎんなんを、たくさん拾って割りまくる。

串ざし果物のあめがけ

身もだえせんばかりに食べてみたかった、ピンクの串。その後、
食べられたかどうかはわからない。

く

【串ざし果物のあめがけ】

◉『北京のこども』

ハエがわんわんむらがっている食べ物は、私がまだ食べたことがないものばかりだった。

私は何でもいいから食べてみたかった。

なかでも我慢できないほど欲望をそそられるのが、わらの筒にさしてある、鮮やかなピンク色の**果物を三つか四つ串ざしにして、てかてかにあめをからめてあるものだった。**

＊

私は食べたくて食べたくて、身もだえせんばかりだった。

それはいつも遠ざかっていった。

私は乳母車のへりにつかまって、遠ざかっていくピンクの玉を、切なく思い切れなかった。

ある日、阿媽《あま》はその前で止まった。

そして一本を買ったのだ。

興奮で世界中がワナワナふるえ出した。

ワナワナふるえていたのは私だった。

＊

やっと私が串を手にしたとき、乳母車が動いた。

そして串は地面に落ちた。

私は声も出なかった。

地面に落ちたピンクの串は、遠ざかっていった。

阿媽がそれに気がついて、私を見た。

私は黙って阿媽の目を見た。

阿媽は落ちたピンクの串を見て、舌打ちをして、そのまま乳母車を押しつづけた。

私はいつまでもいつまでも、落ちたピンクの串を見ていた。

【くずれためだまやき】

◉『みちこのダラダラ日記』

お母さんは、わたしよりおにいちゃんのほうがすきだと思う。

けさも**めだまやきのくずれてるほうわたしのほうにだまっておしてきた。**

わたしは知らん顔しておにいちゃんのめだまやきとかえた。

牛乳の古いパックがコップ一こでなくなって、新しいのをあけた。お母さんは、古いほうの牛乳をわたしのほうにおいた。わたしはそれも知らん顔して、おにいちゃんのとかえてやった。

お母さんは自分で気がつかないでしぜんとそうするのだと思う。だから知ってやっているよりも、おにいちゃんのことすきだとわたしにはわかる。

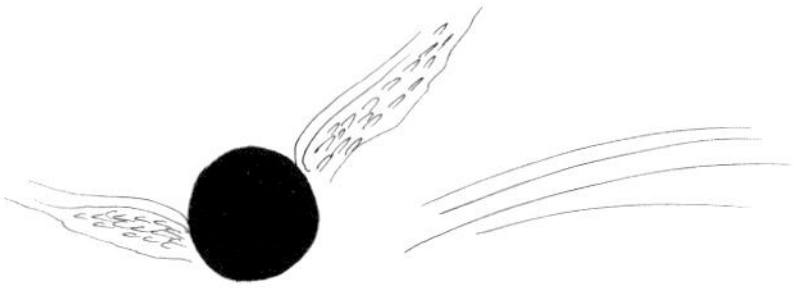

け

【ケーキ】

◉『だってだっての　おばあさん』

さて、　きょうは　おばあさんの　99さいの
おたんじょうびです。　おばあさんは、
あさから　ケーキを　つくりました。
ねこは　おばあさんの　つくる　ケーキが
だいすきでした。
「おばあちゃん　ケーキを　つくるの
じょうずだね」
「だって　わたしは　おばあちゃんだもの、
おばあちゃんは
ケーキを　つくるのが　じょうずなものよ」

【毛ガニ】

◉『乙女ちゃん』「かに」

部屋へもどって来るとゲラゲラ笑いそうになる。十八歳の息子にお歳暮を送る父親。息子が下宿しているのも知らない、知らされない、知ろうともしない。いい人なのねェ。

そしてカニは自分の好物なのである。いたみかけたパサパサのカニでも**すみからすみまでほじくり出していた。**

そして私たちが一緒に住んでいた間、ずっと生活の余裕がなく、生きたカニなど一度も食べたことがなかった。今生きたカニを食えるようになって、何年も会わない息子に自分の好物をお歳暮に送ってくる。一匹は私のために送ってきたのだろうか。私はカニが大嫌いなの知っていただろうか、気がつかなかったのかも知れない。

け

【小鯵の番茶煮】

◉『シズコさん』

小鯵を山ほど七輪で焼く。それをでかいなべで番茶と一緒にしょうゆと少しの砂糖で長時間煮る。するとと骨がやわらかくなって頭から中骨まで全部食べられる。あれはうまかったし、家以外どこでも今まで食ったことがない。父はカルシュームが一大事だったのかも知れない。「これはカルシューム満点だ」とそのたんびに言う。

しかしカルシュームで、思い出すたびに口の中がイガイガする事がある。

うちの味噌汁は煮干しが必ずおわんの中に三匹くらい残っていて、その煮干しを全部食べなくてはいけないのだった。

味が抜けてしまった煮干しほどまずく不快なものはないと思う。三年前のうちの猫だって、だしを取ったあとの煮干しは食わなかった。

【コーリャン】

◉『アカシア・からたち・麦畑』「ペチカ」

私は六歳で初めて、アンデルセンを知った。グリムも、小公女も、読んでもらったと思うけど、人魚姫は特別だった。人魚姫は、美しい話だったのだろうか。私には人魚姫は、肉体的な痛みであった。

＊

父は本を読みながら、はなをかみ、ときどきペチカにレコードを燃やしに行った。お話はたびたび中断され、**コーリャンのおかゆをすする間も、お姫さまのことを考えると、**痛みは体じゅうを走るのだった。

海のあわになってしまったお姫さまの命が明るい海の上に消えてしまったとき、私はとてもおなかがすいた感じがした。それはおなかの中のコーリャンのおかゆのせいではない特別なおなかのすきかただった。

きらびやかに、哀しく美しすぎる人魚姫は、仕事を失った働き盛りの父が、燃すものもなく貧しかった冬、飢えた子供たちに与えることができた唯一のものだったのだろうか。ロシア人や中国人に自分の着物を売りに行って、コーリャンを買って帰ってくる妻を待ちながら、父は鼻水をたらしながら、アンデルセンを読んでやるよりほか、本当になすすべがなかったのだろうか。

鯉の丸揚げ

※写真は鯉ではありません。

「私は本物の酢豚を食う前に、豚の代わりに鯖の酢豚風を食った。家中が好きなおかずだった」(『シズコさん』)。揚げた鯉などに甘酢あんがかかったものを好んだ。鯖の酢豚風を思い出す味だったのかもしれない。

【コカ・コーラ】

◉『ふつうがえらい』「パンツはいてない女の子」

「のどがかわいた」

と私は言った。

「どこでものどがかわいていいもんじゃないよ。こんなところにコカ・コーラあると思う?」

「あると思う、ほら」

果てしないオリーブ畑の中にたった一軒小さな家があり、コカ・コーラの看板が出ているのだ。車の窓をあけると熱風が吹きつける七月のスペインの熱くるしいオリーブ畑の中の小さなコカ・コーラの看板は何だか不安だった。誰もいなくて看板だけだったらどうしよう。

車をとめると四歳くらいの小さな女の子が素裸で家の前に立っていた。人がいる。素裸の女の子は丸い目を見ひらき、じいーっと私達を見ている。その目を見たら、その子が初めて見る東洋人は私達なんだとすぐわかるのだ。

小さい石の家の中は暗くて涼しかった。家の中に黒い洋服を着た太った女の人がいた。その女の人もほとんど女の子と同じ目をして私達を見ている。「コカ、コラ、コカ、コラ」私は叫んだ。女の人は「オーオー、コカ、コラ、コカコラ」と言い、顔中くしゃくしゃにして笑った。昔々人々はこんな顔して笑ったのだと私は思った。

コカ、コラはよく冷えていた。

Coca

【ごちそう】

●『空とぶライオン』

ライオンは、 えものを とって くると、
きって、 やいて、 にて、 ソースを かけて、
ごちそうを しました。
ねこたちは、 めを まるく して、 ごちそうを
ながめ、 よだれと いっしょに ごちそうを
たべました。
「さすが ライオンだ。」

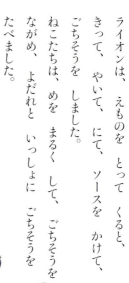

【木の葉】

◉『あっちの豚 こっちの豚／やせた子豚の一日』「あっちの豚 こっちの豚」

「こっちのおれが元気なら、あっちのおれもしんぱいないからな」

豚は木のかげで、ブッブッブッとわらい、それからどろだらけのまま、

そのへんの**木の葉をポリポリ**かじりながら、豚小屋にかえりました。

【昆布巻き】

◉『役にたたない日々』「二〇〇三年冬」

私の昆布巻きはおいしいという評判がある。 いつか、まぐろを皮つきの固まりのままもらった事があり、刺身用にさくに整える時、血あいとか、細長いとろの部分が、あまった。私は、それを昆布巻きのしんに入れたら、うまかった。次の年わざわざ中トロのさくを買ってしんにした。しかし、わざわざ中トロを買うなんてぜいたくだと思って、安い赤身の冷凍を買った。今日は、トト子さんと半身買ったぶりを中に入れた。うまいかどうか保証のかぎりではない。かんぴょうを出してみたら、かんぴょうじゃなかった。切り干し大根だった。まぎらわしい切り干し大根なんか作るな。売るな。急いでかんぴょうだけ買いに行った。

おいしいと評判の昆布巻き

しんにするのは中トロがうまいが、「ぜいたくかもしれぬ」と毎年悩む。

【材料】

- 昆布（15㎝）…4枚
- まぐろ（中トロ1㎝角15㎝）…4本
- かんぴょう（20㎝）…8本
- 水…500cc
- 酒…大さじ3
- 砂糖…大さじ1
- しょうゆ…大さじ3

【作り方】

1 昆布は水につけて戻しておく。
2 かんぴょうを少量の水と塩でもむ。柔らかくなったら水でよく洗う。
3 1を戻し汁ごとなべに入れ、酒、砂糖、しょうゆを加え、柔らかくなるまで煮る。
4 3の昆布を取り出し、まぐろを巻く。かんぴょうで2か所を結ぶ。
5 3のなべを煮立たせ、4を入れる。アクを取りながら、ほどよく煮る。火を止めてそのまま冷ます。
6 冷めたら昆布巻きを取り出し、半分に切る。

さ

【鮭のマリネ】

◉『ふつうがえらい』「何ごちそうになったの？」

もう少し大きくなると、時々、特別の招待ではなくても友達の家でごはんを食べさせてもらうようになった。すると母は「何をごちそうになったの」と目を光らせてきくのである。その熱心さは、私の通信簿を見る時より、よほど強かったような気がする。

＊

思い出すと、私は大人になると自分から母に報告していた。

「何々さんちのごはんすごい。鮭まるのまま全部使って、すごく色々なの。初めはね、生の**鮭のマリネ**でね、それから照焼きもあってね。いくら丼でしょう。お汁はかす汁でね。それから、頭の骨の酢の物もあったよ。おじさんなんか、骨のところの身、ちゅうちゅう吸ってるの。真ん中の太い骨焼いたの、あそこが一番おいしいんだってよ」

「そう、昔からあの家、食い道楽だったもんねェ」

なかなか楽しいものである。

【さば】

◉『おれは　ねこだぜ』

さかなたちは、きれいな　こえで　うたいます。

「きみは　さばを　くっただろ。」

そして、にげる　ねこの　あとを、すいすい
おいかけてくるのです。

「きみは　さばを　くっただろ!」

さばは　きれいな　こえで　うたいます。

「じょうだんじゃない。おれは　ねこだぜ!」

さ

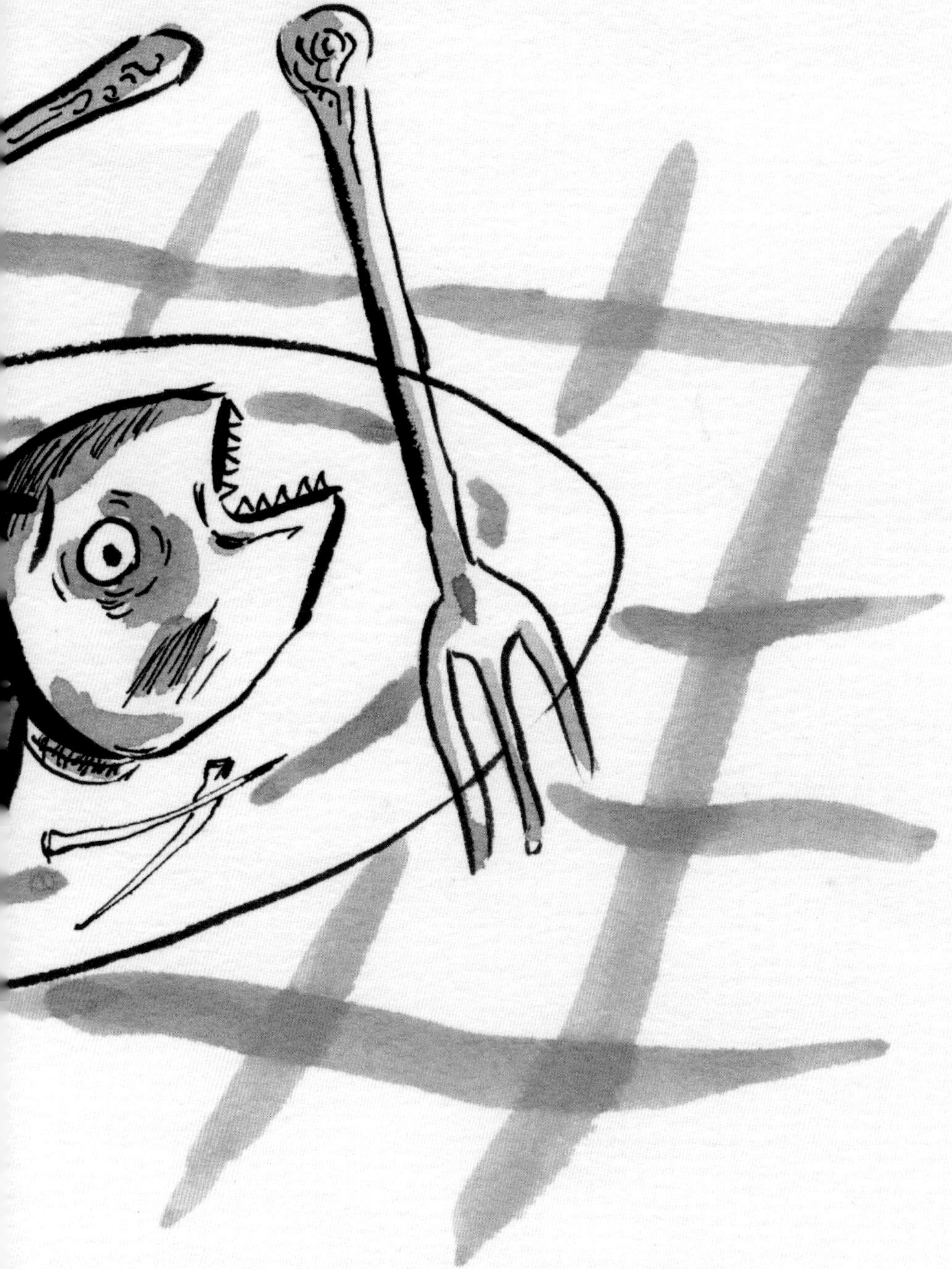

さ

さ

【残飯】

◉『猫ばっか』「猫」まえがき

子供の頃、猫は実用品であった。ねずみ捕りのために飼っていた。餌《えさ》など残り飯に味噌汁をかけたもので、猫も平気で食っていた。

＊

そのうちに猫たちは、だんだんと食い物にぜいたくになっていった。どの猫も、残飯に味噌汁など見むきもしない。猫用の餌が出回り始めた。乾燥餌で手間がはぶけるのでそれをやっていたが、私には多少の抵抗がある。猫は残飯を無駄にしないためにいるのだという幼少の時のスリ込みが消えない。

【さんまめし】

◉『私の猫たち許してほしい』「とどのつまり人は食う」

ハンブルグの空港で時間待ちをしている時、ベンチの隣りに座っている人と私は話をした。その人はドイツの食べ物の話をした。もう初老といってもいいぐらいの日本人で、どんな仕事をするのか、ずいぶんいろんな国の、それも食べ物のことばかり話した。そして魚の話になった。私は子供のころ食べた、さんまめしの話をした。

「どうやって作るんですか」

とその人はいった。

「丸ごとのさんまをお釜に入れて、にんにくの葉っぱを、ざくざく切って、しょうゆ味でたくのです。たき上がって、頭をもち上げると、骨がきれいにとれます。はらわたもいっしょにまぜて食べるのです」

と私は答えた。

「うーん、それはうまそうだなあ。わたしは、さばの味噌煮が好きでね、大根と一緒に煮たやつです。小ぶりのさばをつつ切りにしてね、大根といっしょに味噌で煮るんです。弱火でコトコト。少し甘いほうが好きでね」

私はさばの味噌煮が食べたくなった。茶色にすきとおる大根までが目にうかび、口じゅうがよだれだらけになった。

＊

私はベンチに座って、日本へ帰ったらさばの味噌煮を作ろうと思った。

何年たっても、ときどき私は、さばの味噌煮が食べたくなった。すると、「いやあ、そのさんまめし、うまそうだなあ」といったその人と向かい合う。空港で、誰とも知らぬその人とさばの味噌煮とさんまめしを間にして、私たちはみじかいふれ合いを持ち、顔も思い出せないその人と、私はときどき心うれしい時を持つ。

し

【松花堂弁当】

◉『そうはいかない』「或る女」


「違う、違う、私よ。初めの日に玉川高島屋で、二人で待ち合わせしたの。五階でさあ、何食べるかあっち行ったり、こっち行ったりして大変なの」

「あの子、決まらないの」

「違うわよ、決まらないのは私よ」

「それで、あの子がおこり出したの」

「全然、黙ってついて来て、マチコさんの好きなものにしなよって。私、男にそんな事言われた事ないもんだから、興奮しちゃってさ、二周も三周もしちゃったのよ。それで『××』で松花堂弁当を食べることにしたの」

私は、十三歳の息子に感心する。

＊

「**その松花堂はね、ごはんに、銀杏《ぎんなん》が入っていたのよ。**ウィンドーの見本はね。でも、出て来たのは、シソごはんだったの。私、店長呼んだの」

あー目に見える。私が人目につく事をすると、ものすごい目付きでにらみつける十三歳の息子はどんな思いで、それに耐えたのだろう。胸が痛む。

「そしたら、あれは季節のものだから、今は銀杏はないから、シソだって。そしたら、その旨ちゃんと書いておくべきじゃない。看板にいつわりありってこの事よ」

「それでどうしたの」

「いたりませんでしたって。それで特別デザートにシャーベットをつけてくれた。そしてね、シャーベットを食べながらケンちゃんに言ったの、私が正しいと思わない？　って。そしたらケンちゃんに『マチコさん、見本と中身がちがうことはよくあることだよ、食べ物だけじゃなくても』って言われたのよ。私十三の男にさとされちゃって、ふにゃんふにゃんになっちゃった。あーケンちゃん男らしいわあ。そしてね、それから明日のおかず買いに下の明治屋行ったの。ほらあたし、あれもこれもって買う人じゃない。ケンちゃん黙ってついて来て、お父さんみたいにゆったりしてるのよ。私が××屋の鮭のそぼろ買おうか買うまいかすごく迷って（あーどれくらい迷ったのか気が遠くなるわ）いたら、『マチコさん、食べたいんだろ、買えよ』こうよ。〝買えよ〟あー私夢みていたのよ、男が〝買えよ〟って言うのをさあ。〝買えよ〟、あー〝買えよ〟」

「へーえ、やるもんだね、ケンも」

＊

マチコがいなくなって息子にきいた。

「あんたレストランで恥ずかしかった？」

「最初からわかっていたよ。だけどスーパーじゃあ困っちゃったよ。子どもと同じなんだぜ、すぐどっか行っちゃうの。さがすの大変なんだぜ」

お前、本当にいい男だ。おーそうか、そうか。

【しらすサラダ】

ちぎったレタスにしらすをのせ、焼きのりを散らすだけのシンプルなサラダ。食べた人たちみんなの評判がよかった。ドレッシングの材料は、太白胡麻油、酢、塩、ブラックペッパー。にんにくひとかけらを、すりおろさずにつぶして加える。

【新聞紙】

◉『アカシア・からたち・麦畑』「釘」

私は何でも食べたのだ。私は新聞紙をちぎって食べた。**今日の新聞と古新聞はちがう味がした。**白いところと、活字が印刷されているところの区別を私は出来た。

【酢】

◉『アカシア・からたち・麦畑』「サーカス」

五年生になっても、私はサーカスに入りたかった。サーカスの人は骨がやわらかくなくてはいけないと誰かが言った。お酢を飲むと骨がぐにゃぐにゃになって、サーカスの人は毎日、お酢をのむのだと言った。私は夕食後のあとかたづけをいつも一人でやっていた。茶わんを洗い終わったあと、**私はお酢をコップに四分の一ほど入れて、毎日飲んだ。**そしてそのあと、畳の上で脚をひろげて、体を折りたたんで、本当に体がやわらかくなったかどうか調べた。やわらかくなっているのかどうかわからなかった。もっと続けなくてはいけないのだと思い、休みなく、暗い台所で、ひそかにお酢をあおった。

【スイカ】

◉『あれも嫌い　これも好き』「トントントン」

その畑は花畑だったり、キャベツだったりいろんなものの畑になります。スイカがゴロゴロころがっていた年があります。

ある夜、息子の友達が遊びに来ていました。「あそこの畑に今、スイカがゴロゴロころがっている」と私が言うと、**「今が食べごろダナ」**とその若い男が言いました。そうか、今が食べごろなのかと思っていると「盗《と》りに行くか」と言うのです。私の胸は急に高鳴りました。私は軍手にハサミ、ポリ袋をあっという間に用意して畑に向かいました。

メイフラワー号でアメリカに上陸するような気分になりました。満月でした。

私は自分が畑に入り、自分で盗むのは嫌でした。下手人にはなりたくなかったので、畑につくと「私はここで番をしている」と卑怯《ひきょう》者になりました。

男は、ポリ袋をぶら下げて畑にどんどん下りていきました。私は胸がドキドキして、キョロキョロしました。裏道なのですが、たまに車も通ります。男はしゃがむと一個ずつトントンとスイカを手でたたき耳をスイカに押しつけて音をきいている。一つ終わると次をトントン。お前盗むんだから、どれでもいい早くやれと、私はじたんだをふんでおしっこガマンしているみたいです。その上男は満月に真っ白なTシャツを着て、まるで白い発光体のように目立つのです。

＊

男はポリ袋に巨大なスイカを入れ畑から上がって来ました。

「これがいちばんでかかった」ときいたとたん私は世にもゆかいな楽しい嬉しい気分になり、カッカッカと笑い、笑うつもりはないのだが嬉しい気分を抑えつけられないのです。

カッカッカ、そして全速力で走り出しました。別に走ることはない。知らん顔してスーパーで買って来たみたいな顔してればよいのに、逃げる走るということを止めることは出来ない。若い男も私と一緒に走るのです。

その一瞬が生涯一度も経験したことのないピッタリと息が合った行為で、ほとんど陶酔というものでした。その時、これは悪事であるから息が合うのであって、善行をなしてもこのようなスリルと達成感と充実感はないのではないか。悪事は何という快楽でしょう。

しかしポリ袋の中に入ったもののなかで、スイカほど中身がスイカだとわかるものはありません。

私は下駄をカタカタ鳴らし、男は半ズボンにスニーカー、スニーカーと半ズボンの間のスネ毛一本一本が月の光でフワフワ見えています。

そのスイカは実に巨大でありました。

スイカは生暖かかったけど、冷やす時間がなかったのですぐ割りました。桃太郎が二人くらい出てきそうでしたが、**私は生涯あんなおいしいスイカは食ったことがないと思います。**一つ一つトントンたたいて中身を吟味した男の沈着さに、やっぱり男は偉いとその時心から尊敬しました。

＊

“したことがないことをする”ことに興奮する。特別にスイカが好きだったわけではない。

次の日おそるおそる畑に様子を見にいきました。殺人者が現場に現れるのと同じです。すると、スイカは全部引き抜かれ、ゴロゴロ道ばたにつみ上げてあって、「おもち下さい」とマジックで書いた紙に石がのっけてありました。何だかヘナヘナとなさけなかったです。

「ヒツジを食うとセーターの味がする」と言った。

【セーター】

●『アカシア・からたち・麦畑』「針」

私は毛糸を食べるのがきらいだった。毛糸はとけずにちくちくした小さな針になって口中にひろがるのだ。毛糸は、水で口をゆすがなければ、我慢出来ないのに、私は授業中にセーターのほつれを食べずにいられなかった。

【セルロイドの下敷き】

◉『アカシア・からたち・麦畑』「釘」

赤いセルロイドの下敷きの角は、歯型が白っぽくいくつもついて、思い切りかむと、**セルロイドは熱くなって、口の中でもえるような匂いがした。**

【ソーセージ】

◉『問題がありますす』「「問題があります」まで」

ある日、夜遅く父が、大きな袋みたいな風呂敷みたいなものを持って来た。開けると食パン一斤くらいのソーセージが二個入っていた。一つは黒っぽくポチポチした白い粉が入っていた。初めてあんなでかいソーセージを見た。もう一つはどんなだったか忘れた。

酔っぱらったロシア兵が棒にそれをひっかけて歌をうたいながら歩いているのを父は、あいつらあれをかならず落とすと思ってあとをつけたそうである。予想通りになったのだ。とうもろこしの粉の団子やコーリャンのおかゆを食べていた私達に**それは天国の食い物だった。**お父さんは偉いなあと思った。

【そば】

◉『がんばりません』「天井からぶら下がっていたそば」

大晦日《おおみそか》の夕方、食卓に料理が並んだ。真ん中にざるに入ったそばがあった。子供と父は食卓に座り、母はまだ台所にいた。

「早くしろ」と父が台所にどなった。

返事だけが台所から聞こえ、母はまだ台所にいた。

父が突然ちゃぶ台をはたき上げた。

そばも煮物も四帖半いっぱいに散乱し、四人の子供はシーンとしずまり返った。

私達は黙々と煮物とそばを拾った。

私達がそばを拾っている時父は何をしていたのか、母が父に何を言ったのか、覚えていない。

そのあとの気まずい食事がどんな風に進行したのか。

日本酒を飲んだ父がすっかりおだやかになり、機嫌《きげん》良くなった時、子供も動物的なカンで、自らのふるまうべき当たり前の態度をとりもどした。

その時、私はふと天井を見た。

そばが二、三本茶黒くすすけた天井にぶら下がっていた。天井まで、どうやってそばがとび上がったのかわからなかった。

そしてそれを見てみんな笑った。

父は実に平然としていた。父も平然と笑っていることで私は安心した。

1939年頃、北京。父・利一《りいち》、母・静子《しずこ》、兄・尚史と。

そ

【そばがき】

◉『役にたたない日々』「二〇〇四年春」

ある夏、ペペオさんが「そばを打とう」と言い出した。ペペオさんは農家のアライさんちに石うすを借りに行った。私は車の中で待っていた。

アライさんは立って、石うすの使い方をペペオさんに教えている。ペペオさんは完全主義者だから、「エット、もう一度ききますけど」とか「ハイ、ハイ」とか延々と教わっている。「エット、もう一度ききますけど」と車の中に、三回はきこえて来た。

五、六人の女たちが、ベランダにビニールシートをひいて、石うすをごろごろころがして「昼はそばよ」と興奮していた。四、五回ごろごろ回すと粉の出が悪くなった。「アッ」とペペオさんは言うと、石うすを外して竹のササラでていねいに溝そうじをする。石うすは重い、四、五回ごろごろ、「チョット待って」。ペペオさんが石うすを外す。

アライさんの奥さんが「ナニ、十五分くらい。あっという間だよ」と言っていたがなあ、慎重なペペオさんがちゃんと教わってきたんだ。しかし昼になっても粉は茶わん一ぱいくらいで、そばどころではない。

みんな、「アライさんちのそば、いつも沢山もらって平気で食べているけど、大変なんだねェ」。五時間ごろごろとササラのそうじ、エッコラサでどんぶり一ぱいくらいの粉しか出来なかった。**仕方がないので、そばがきにして、みんなで一さじずつ食べた。**

石うすを返しに行った。「アライさん、この石うす、目がつぶれちゃっている?」ときくと

「いいや」と言う。五時間やってそばがきしか出来なかった、目をそうじするのが大変だったと言うと、アライさんが笑い出した。「目を掃除するのは、終わってしまう時でエエダ」「そりゃ大変ダ」とアライさんの奥さんも笑い出した。

ペペオさんは洋子の学生時代からの友人。農家のアライさんは何かと洋子に親切にしてくれた人。

た

【大根おろしかけ焼き肉】

◉『ふつうがえらい』「吉本ばなな様」

ふたりで家に帰ったら母屋の食堂に五人くらい若いもんが、飯を食っている最中だった。

「あとの人は？」

「帰った」

「え？　何しに来たの。夜中に来て、ねて、おきてそれで帰ったの」

「そうですよ、若いですからね。どってことないっすよ」

とキヨシが代表して答えた。女の子は二人いた。きれいに化粧してピアスして一人はロングスカートをはいていた。健太の彼女が、

「これ全部健太が作ったの。すっごくおいしい」

と自慢っぽく言った。肉に大根おろしがかかって、カイワレなどもバラバラしているのや玉子焼きや味噌汁などもあった。

ごはんのあと、おとなしそうな女の子が、平一の横つらをひっぱたいた。ごはんのあとかたづけを平一が「オレヤダヨ」と言ったからである。

【大福もち】

◉『ククの結婚、キキ夫人の幸福』「キキ夫人の幸福」

右手で女の乳房をつかんで指の間から女の肉がはみ出していた。大福もちをぎゅうとつかんだらああなるのだ。**あんな大きな大福もち。あんな大きな大福もち。**キキ夫人の目からだらだら涙が流れている。

健太の大根おろしかけ焼き肉

ただ、こんもりするほどの
大根をおろし、
肉を焼いて、かけるだけ。
ただ、それだけ。

た

【材料】
- 牛切り落とし肉
- 大根おろし
- レモン
- 黒こしょう
- しょうゆ

【作り方】
1 熱したフライパンで牛肉を炒める。黒こしょうを振り入れ、ところどころ焦がすように焼く。
2 皿に1を盛り、大根おろしをたくさんのせる。しょうゆをかけ、レモンを絞って食べる。

【たばこ】

◉『おじさんのかさ』

おくさんが　びっくりして、
「あら、かさを　さしたんですか、
あめが　ふっているのに。」
と　いいました。
おじさんは　おちゃと　たばこを　のんで、
ときどき　ぬれたかさを　みにいきました。

◉『親愛なるミスタ崔《チヨエ》』「1997.4.4. FAX」

どうか死にそうになったら、絶対に教えて下さい。例え上から看板が落っこって事故死であってもその前に教えて下さい。自分の一生を見とどけたいと思っている人間がいるのは幸せじゃございませんせん？　私も誰かがそう思ってくれたら嬉しいと思いますから。**世界中が禁煙していますが、私は平気で大気を汚しています。**先日百二才のおじいさんに「長生きの秘訣は何ですか」とききましたら「禁煙です」と答え、「何才から禁煙しましたか」ときくと、「九十七才です」と答えていましたので、私も九十七才で禁煙致します。でも崔さんは体に悪いことはしないで元気でいて下さい。

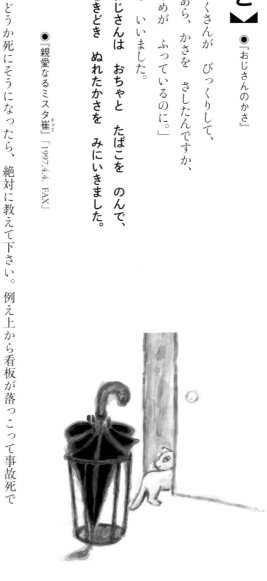

お別れの会では献花ではなく、献たばこ。たばこを生涯口にくわえていた。

【玉子やき】

◉『あのひの音だよ　おばあちゃん』

おばあさんは　いつものように　玉子やきと　トーストと　ミルクの　朝ごはんを作っていました。

「おはよう。　さあさ　ごはん、　朝ごはん」　と　いいます。

そして　玉子やき　三つと、　トースト　三まいと、　ミルクカップ　三つを、テーブルに　ならべました。

た

【チーズ】

◉『ふつうのくま』

くまとねずみは、はちみつとチーズをもって　ピクニックにいくことがあります。かわのそばの　ちょうどいいくさが　はえているところをさがして、ふたりはこしをおろします。

かぜがふいてきて、くまのむなげは　すこしだけみぎとひだりにわかれます。

「なんていいにおいなんだろう。はるのかぜのにおいと　チーズのにおいがいっしょになると、チーズは　せかいいちのたべものだな。」

ねずみは　チーズのつつみをひらきながら、ひげをぴくぴくさせます。

「はちみつだって、れんげのにおいがするかぜと　いっしょにたべるものさ。」

くまも　はちみつのふたをあけながらいいます。

「ああ　いきててよかったって、いまのいまのことさ。」

ねずみは　チーズにかぶりつきながらいいます。

くまは　はちみつのつぼのなかに　てをつっこんで、べろべろとなめはじめます。

でも　くまは、はちみつをなめながら、はるのかぜをきもちいいとおもいながら、やっぱりどこかさびしいのです。そして、ドーナツを六こたべると、もっとさびしくなります。それは　まだじぶんが、そらをとんだことがないからでした。ほんとうのゆうきをもつけっしんが　つかないからでした。

【チミツシン】

◉『問題があります』「薬はおいしい」

昔々あるところに、というくらい昔、せき止めにチミツシンという茶色い液体を飲まされた。私はそのチミツシンという薬が非常に好きだった。兄などは嫌がっていたから、万人が好む味ではなかったのかも知れない。

＊

初めてコカ・コーラというものを飲んだ。赤いコカ・コーラという字と緑色の曲線を持ったびんはアメリカからびんのまま空を飛んできたのではないかと思わせた。

一口飲んだときの驚きをわすれない。

コカ・コーラはチミツシンの味がしたのだ。コーラを飲むまで一度も思い出さなかった。薬くさいと嫌った友達もいたが、**薬くさかったからこそ、私は奇跡とめぐり逢ったのだった。**そのころ、もうチミツシンなどというせき薬があったかどうか知らない。

チミツシンの中の何が、コーラの味になるのか知らない。

コーラが体に悪いという刷り込みが私にはあるが、ときどきやっぱりチミツシンの薬っぽさを味わいたくなり、「たまにはいいわさ」とコーラを飲む。

ち

チミツシン
田邊元三郎商店

【中国茶】

◉『ふつうがえらい』「贈り物」

それでも人に何かをもらって嬉しく忘れられないこともある。けちで有名な友達が、中国茶を持って来てくれた。

「百グラム二千五百円だからね。一ぱいだけ飲ませてあげる」

友達は袋から一回分のお茶を用心深く急須《きゅうす》に入れて飲ませてくれた。**これは実に玄妙な味わいだった。今でもその香りと甘さと苦みのまざった味がよみがえる。**

「もう一ぱい」

「駄目《だめ》」

友達はぐるぐると輪ゴムでお茶の袋の口をしめると残りをハンドバッグに入れた。私はその友達の心根が実にうれしい。百グラム全部もらったらあの感激はすぐ消えてしまっただろう。あまりのうまさに私にも一口味わわせてやろうと、ハンドバッグに大事なお茶を入れてはるばる電車にのってやって来てくれたのだ。そのへんの果物屋で、義理の手土産を持ってくるのとありがたみが違う。あのけちめ。

ち

“けちで有名な友達”に出した茶碗。金継ぎで直した跡が残る。

【ちらし寿司】

◉『役にたたない日々』「二〇〇四年夏」

私は不思議で仕方ない。そう言えば、私はいつだって同じものが出来ないのである。自分で、**驚くほどうまいちらし寿司を作り、その次は吐き出したいほどのちらし寿司を作る。**本当に吐き出す。その間は可も不可もない不安定なちらし寿司を作るのである。いつか、どうして私はこうなのだろうと嘆くと、十三歳の男の子が、「だから、家庭料理はあきないんだって。それに女の人は毎日体温とかが変わるから味も微妙に変るんだって」となぐさめてくれた。何て優しい子だろう。

「どうして、そんなこと知ってるの」

「こないだ学校で教わった」

ちらし寿司は、煮ものが余ると
作っていた。

ち

つ

【つつじの花】

◉『アカシア・からたち・麦畑』「釘」

つつじの花をちぎって、蜜をすった。蜜はいくらもついていないので、花びらを食べた。**花びらの毒々しい桃色の汁は、すっぱくて、少しにがかった。**

今でも、パレットの上に、濃いピンクの絵具皿を出すと、私の口の中に、つつじの花びらの味がひろがる。

私は、あの頃、そんなに飢えていたのだろうか。美しい料理の写真を見ると、私は猛然と食欲がわく。

ユキヤナギ、レンギョウ、ツバキ、クリスマスローズ、フジ。
花屋で買うのではなく、自然に咲く花が好き。

て

【手作りマヨネーズ】

◉『シズコさん』

私は小学生の時から夕食の手伝いをしていた。私も嫌いではなかったのだろう。母が留守の時客が来た。

小学校六年生の私は玉子からマヨネーズを作りポテトサラダを父のお客に出したことがある。酒のサカナにポテトサラダを出すのだから子供だったなあと思う。

ポテトサラダを作るたびに、「肉屋のポテトサラダの味にならない」と嘆いた。

【ドーナツ】

◉『わたしの息子はサルだった』「モグラのキンタマ」

「おやつにしよう」

母親はドーナツを山盛りにする。ケンとモグラのキンタマはテーブルに体あたりすると、両手で一つずつドーナツをつかんで走り去る。

「お砂糖がこぼれるでしょう、行儀がわるい」

母親は大声で言う。二人はソファーの上でぴょんぴょん跳びながら、両手のドーナツを一口ずつ交互にかみついている。

「いつもは、あんなじゃないのよ。ヤーネ。猿だね、まったく」

母親とタニバタさんは食卓で向かい合って、上品にドーナツを食べる。タニバタさんは**口に入ったドーナツをこぼさないようにおちょぼ口にして「ふ、ふ、ふ、ふ、ふ」と笑う。**

と

トマトソーススパゲッティ

子どもが小さい頃、好んでよく作っていた。
ミートソースでもなく、
ナポリタンでもなく、トマトソース。
ゆでたスパゲッティにバターを混ぜ、
ソースは和えずにかけて盛り付ける。

と

【作り方】

1 なべにオリーブ油とにんにくを入れ、弱火にかける。香りがたったらたまねぎを加え、弱火から中火で炒める。

2 たまねぎによく火が通ったら、トマトの水煮を1缶加える。

3 木べらでトマトをつぶしながら弱火で15〜20分間煮る。

4 さらにもうひと缶トマトの水煮を加える。3と同様にトマトをつぶしたら、ローリエを加え、弱火でとろみが出るまで30分間以上煮る。最後に塩で味を調える。

5 なべにたっぷりの湯を沸かし塩を入れ、スパゲッティを好みの硬さにゆでる。

6 ゆで上がったスパゲッティの湯をきる。ボウルに移し、バターを絡ませる。

7 皿に6を盛り、4をかける。

【材料】4人分

- スパゲッティ…400g
- トマトの水煮缶（ホール）…2缶
- たまねぎ（みじん切り）…小1個
- にんにく（みじん切り）…1かけ
- オリーブ油…大さじ1
- ローリエ…1〜2枚
- バター…20g
- 塩…適宜

【トマト】

◉『右の心臓』

それからトマトをとりに行った。

「ねえ、あれとる?」

とわたしは父さんにきいた。

「きまっているだろ、じいさんおどろくぞ」

と言って、父さんはまるで、トマトじゃないぐらいでっかくて、ぼこぼこしてひらべったいトマトを切った。

トマトを切ったらトマトの木がブルンブルンとゆれて、今までトマトの木が疲れているのを我慢していたみたいだった。父さんは手の上にのっけて、感心してトマトを見ていた。

「すごいねェ。東京になんか、こんなトマトないよねェ」

「化け物だな」

と父さんはすごく機嫌のいい声で言った。トマトはそれだけしか切らなかった。

と

【トリのガラ】

◉『役にたたない日々』「二〇〇三年秋 1」

そのままプラプラ教会通りを歩く。

かつてはにぎやかな商店街だったらしいが今やはかないレトロな雰囲気で、そのこころ細さが「美しい」よ。

つきあたり近くに、鳥屋がある。トリだけさばいて売っている。

そーだ、ここにはさばきたてのガラを売っているに違いない。スープを作って冷凍しよう。**「トリのガラ下さい」**「ガラ？　ガラないよ」「そこに、あるじゃん」「これは全部予約」「えっ」「あのね、料理屋さんが全部もっていくの。今どき冷凍じゃないガラはないの。だから料理屋さんはうちのが欲しいんだ」。何だか暗い情熱が四角い顔からにじみ出ている小父さんが、だんだん自慢の元気を出し始めた。

「どこへでも行ってさがしてごらん、ぜーんぶ冷凍だから、西友でも紀ノ国屋でも行ってごらん」。そう言えばそうかなあ。「あの、一個も分けてもらえない？」「今日は駄目。何するの」「スープ」。鳥ガラ、スープ以外に使い道あるのかしらん。

【トンカツ】

◉『そうはいかない』「靴」

「もっとよくたたくの」

私はロース肉の切り身をすりこぎ棒でたたいた。豚肉は、白い脂のところが薄くなり、どんどん広がって大きく丸っこい形になっていく。

「あんた、いつまでたたいてるのよ。適当ってことがわからないの」

叔母は私が広げた豚肉に小麦粉をはたきながら言った。五人分で四切れの豚肉をたたいて広げると、一人五切れずつのトンカツができるのだ。

「あたま、あたま」

叔母は豚肉をたたくように言って、自分の頭を指さした。

「あなた、叔父さんが帰ってきても、靴にさわっちゃだめよ」

叔母は、油の中に馬鹿に大きな肉をすべり込ませながら言った。路地の音に耳をすますようにしながら。

＊

私は、たたく肉がなくなってつまらない。たたきつづけて、四国かオーストラリアぐらいにのばしたい。

Australia オーストラリア

壮大な地形と豊かな古代文化、高い経済力を有する。国土面積世界第6位、大陸全体から成る世界唯一の国。世界の多様な生物種の約10%が生息、他では見られない固有の動植物、鳥類が数多く存在する。先住民文化と移民文化が豊かで、多様性に恵まれた世界でも有数の多文化国家。

正式名称：オーストラリア連邦
建国記念日：オーストラリア・デー　1月26日
面積：約769万平方km。
国歌：アドバンス・オーストラリア・フェア
国花：ゴールデン・ワトル（ピクナンサ・アカシア）
国の色：緑と金
人口：約2,413万人（2016年6月）
首都：キャンベラ
主要言語：英語および300以上の他言語
通貨：豪ドル
国民一人あたりのGDP：1兆2,239億米ドル（2015年）
『Australia in Brief　オーストラリア連邦政府外務貿易省』及び、「外務省ホームページ」より

500km
300mi

【とんでもなくでかい鶏】

◉『神も仏もありませぬ』「謎の人物「ハヤシさん」」

顔も知らないが、朝鮮人参農家の人はとてもいい人らしかった。すぐ、丸のままの鶏を買いに山を下りた。とんでもなくでかい鶏しかなかった。うちにある一番でかいバケツ程もある鍋をストーブにかけ、まきを熱心に放り込んだ。**にんにくと鶏の匂いと、かすかに苦い朝鮮人参の匂いが家中にひろがった。**丸二日火にかけ、少し多めに米を入れたサンゲタンが出来た。ちいと鶏がでかいなあ、小錦を煮たみたいだなあ。

大変美味である。鍋ごと車に入れてサトウ君ちに行った。もちろん、謎の人物ハヤシ氏にも来ていただいた。人々は鍋のでかさにまず歓声をあげてくれた。ふたをとると、頭がないのに上を向いているでっかい鶏がいて、白くにごったスープに少し米が浮いている。じいっと見入っている。

「これ、これね。肉ははしでほぐれるから、お腹の中のお米をほじくり出して一緒に食べるのヨ。スープ沢山入れてね」。私は気分が高揚して声も高めである。

「ホー」ハヤシ氏は低めの声を出した。

「へー」マリちゃんはどっちかと言えば気味悪そうな声である。

「食おう、食おう」サトウ君は何故かやけっぱちみたいである。

私は一口食って、「やっぱうまいなあ」と腹の中で満足した。声に出して言いたい。……ね、おいしいよね……。しかし人々は沈黙してスープをすすり、肉をほぐして食っている。シーンとして、でかい鍋を前にしているのである。いつまでもシーンとしている。

マリちゃんはついに言った。「あの、これ本当はどんな味しているの」「こういう味だよ」私はがっくりした。「食ったことないから、うまいかまずいかわかんない」サトウ君が言った。「ふえっ、ふえっ、ふえっ」謎の人物は笑った。


それから三日間、私はでかい鍋の中のおかゆを食い続けた。**食うたびにうまいなあと思う。**謎の人物は、「あの日風邪引きかけてたの、治りましたよ」。本当かよ。「あれ、お通じにいいみたいよ。スルリと出たよ」。へー、よかったね。しかし、また食いたいとは誰も言わないのである。日が経てば経つほどうまくなる。

私は毎日朝めしはこのおかゆにしよう。これはスープが身上である。何も丸ごとでかい鶏を仕入れることはない。鶏ガラでいいのだ。そういえば近くに鶏牧場があった。地鶏の卵を売っている。肉はかたくて食えなかったが、ガラはいいだしが出るだろう。鶏ガラは袋に入って百円だった。百円かあ、安いなあ、うれしいなあ。

家に帰ってビニール袋をあけて、中の鶏ガラを蛇口で洗った。一羽かと思ったら、何と、鶏ガラは三羽も入っていた。骨だらけになってしっかり三羽抱き合っていたのである。私は感動した。死んで骨だけになってしっかり抱き合っている。一羽かと思う程しっかり抱き合っている。

ストーブの上

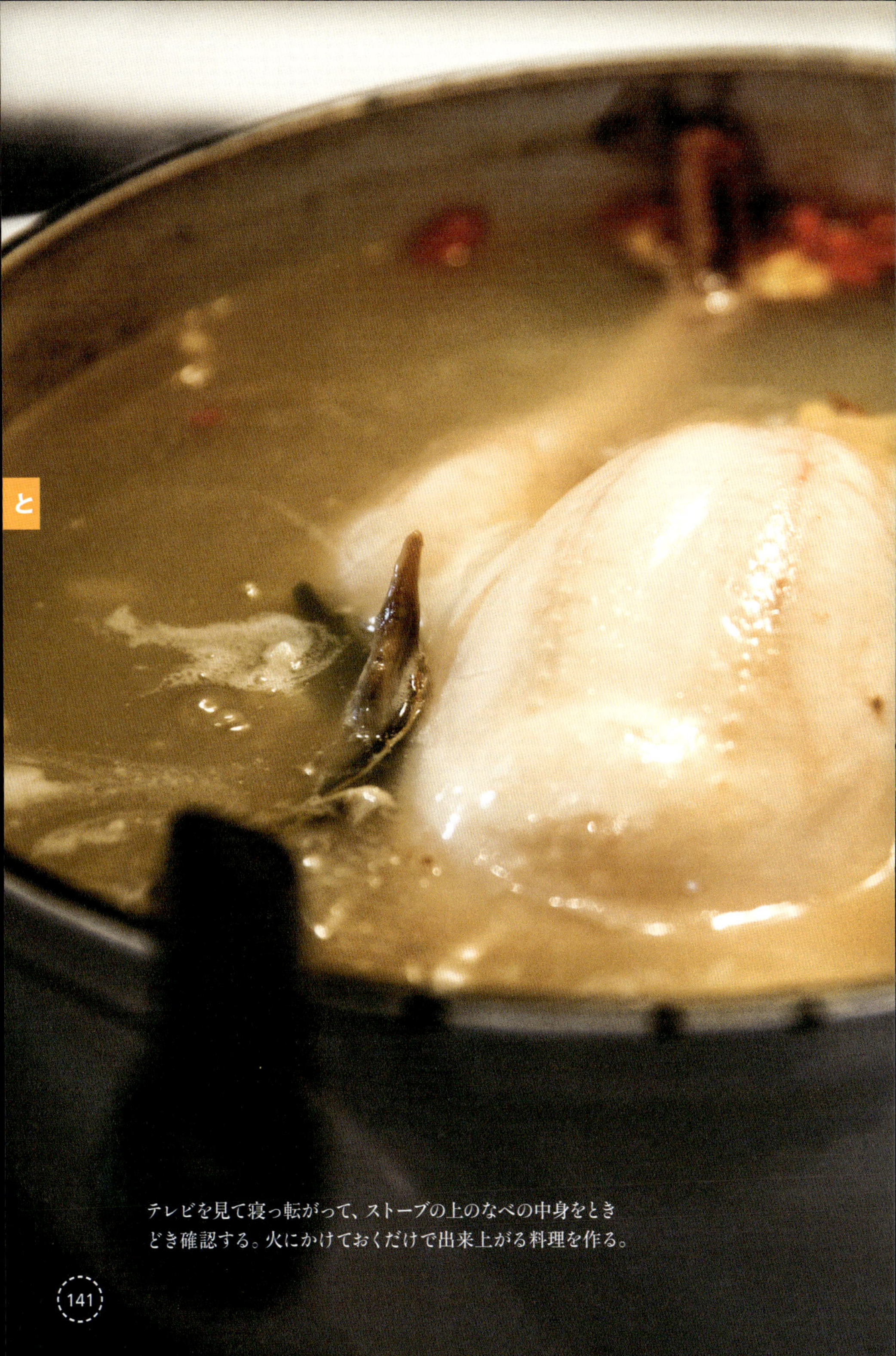

テレビを見て寝っ転がって、ストーブの上のなべの中身をときどき確認する。火にかけておくだけで出来上がる料理を作る。

【梨】

◉『神も仏もありませぬ』「金で買う」

留守してたら、宅急便屋が来て、不在票が入っていた。生鮮食品と送り主の名前があった。あっ、山陰に住んでるあの人が今年もお魚送ってくれたんだ。いかとか貝とかいっぱい入っていて、去年も一人では食べきれなかった。毎年送ってくれるんだ。

その日はサトウ君たちとちょっと遠い美術館に行く事になっていた。私はボール紙に「宅急便屋さんへ。ハンコは箱の中にありますから、荷物置いていって下さい」と書いて出かけた。

どこかに出かけると一日仕事でたいてい夕食を食べて帰る。その夕食をどこで食べるか決めるのがなかなか大変で、なかなか楽しみの事であったが、その日は、サトウ君たちに会うやいなや、「ね、今日うちにお魚来るから、多分おさしみで食べられるから、夕食は、うちで食べよう」と言った。「でも洋子さんちに寄ると違う道で帰んなくちゃなんない」「いいよ。少しくらい回り道してもお魚食べたい」とマリちゃんも言った。そして、帰りは道を迷ったりして、どんどんおなかがすいてきたが、みんな我慢した。真っ暗になっても我慢した。サトウ君なんか、お腹の中で、魚なんかどうでもいい、ラーメンでいいよと言いたいのを我慢していたと思う。

家につくと、玄関に白い箱がぼうっと見えた。「ホラネ、魚だ、魚だ」と私は家の中に箱を運び込んで電気をつけた。私は箱を見て呆然とした。マリちゃんも「めしだ、めしだ」と私を押し込むように入って来た。

「これ、魚じゃない、梨だ」と言った時のサトウ君の顔が忘れられない。体を二つに折って、スカスカの声で、「ヘッヘッヘッー、ナーニヨ」。あんなに困った事はない。早とちりに人を巻き込んで恥ずかしかった。**「梨はめしのおかずにならないからナー」**。その日、どこで夕食を食べたか忘れた。私は「途中から気を変えるなよナー」と送り主を逆うらみしたりした。

な

【夏ハゼの実】

◎「神も仏もありませぬ」「金で買う」

ある日アライさんから、「夏ハゼの実、もうもげるで」と電話がかかって来た。**夏ハゼの実は、ブルーベリーよりも、ずっと上等でおいしい。**どこにでもあるものではない。ジャムにすると私は、誰かにやったりしない。夏ハゼの実の木は、アライさんちの作業小屋の前に三本立っていて、黒い実が光っていて、葉っぱは真っ赤になっている。

アライさんの奥さんは、「これはサノさん用の木だ」なんていってくれるから、私は得意で得意で、そういう顔をして実をもいでいる。

な

花も実も、自然のものが好き。
食べられるとなおいい。

【ナツメの実】

◉『あれも嫌い　これも好き』「小文字のb」

あなたはウンコ座りなんかしませんよね。

私の父は、しょっちゅうウンコ座りをする人でした。北京《ぺきん》にいた時など、天びん棒かついで、赤い箱の中に道具一式を入れて商売する床屋とか、ピーピー笛を吹きながら、こわれた茶わんを直す行商人の側でウンコ座りをして話し込んでいました。三、四歳の私もまた、ウンコ座りをして地面に落ちている**ナツメの実などかじっていました。**

1940年頃、北京。ウンコ座りの洋子。

【涙でぐしゃぐしゃの顔の息子】

◉『覚えていない』「大地《はは》」

しっかりした子だと思えば、突然、私ののったバスを泣きながら追いかけて来て、あわてた私が降りるとしがみついて離れなかったりする。

「お仕事だから遠くに行くのよ。一人でお仕事の邪魔しないでいられる?」。涙でぐしゃぐしゃの顔で懸命にうなずく。**もういとおしくてたべてしまいたいくらいでしたね。**悪魔も天使もごっちゃまぜが子供なのである。

その息子に聞きました

食べることは大好きでしたね。いつも何か口にしてた気がします。あめ玉、ガム、コンデンスミルクのチューブ、それとタバコ。ソファーとかで寝っ転がってパイとか食うから汚いんだよね、あの人のまわりが。なにしろ好奇心が強い人で、食べたことのないものを喜ぶ。外で気に入った食べ物を見つけると家で再現するんだけど、時々全然違うの。「黒酢の酢豚だ」って出てきたものが、酢で煮たでかい肉の塊だったことがあった。確かに「酢豚」なんだけどね。思い込みが激しいんですよね。中国の食べ物が好きだったのかな。肉まんも好きでいろんなのを食べては、中国のと違うって言ってました。思い出の北京を舌で追いかけていたのかもしれませんね。

お客が多かったので、基本大皿料理なんです。料理は上手だったと思いますよ。食べた人たちは褒めてましたね。シャレた料理もよく作ってたし、僕は友達に羨ましいって言われたこともありますよ。ただ、自分が興味ないものはあんまりうまくない。カレーとか味噌汁とかね。子どもはカレーとかハンバーグが食べたいんですよ。僕は友達が羨ましかった。

大体食べ物にブームがあるんです。一時よく作ってしばらくするともう忘れてる。今回作らせてもらったのは、そのブームのときに僕が好きで覚えていたものと、珍しく本人が作り続けていたものです。とは言っても昔のことなんで、調味料などは今の時代に合うように代えましたが、基本的には彼女が食べたものを再現できてると思います。

不思議なもので、作ったり食べたりしてたらいろいろ頭に浮かんできましたね。ああ、あんなのも食ったなとか、こんなの作ってたなとか。今度はこれ作ってみようとか。ローピンなんかそうだけど、味ってけっこう世代をまたいで続いていくんだなとか。いい機会を与えてもらってよかったです。

そんなに一緒にいることもなかったし、会えばよくケンカしてたけど、食い物の話をしてるときは平和な親と子でしたね。

な

に

【握り寿司】

◉『あれも嫌い これも好き』「鮨」

だから銀座のすし屋というのは、遠いあこがれで、あーいうところは普通の人が行くところではないと思っていた。だいたい値段がわからない。食べている間中、不安で仕方ない。それが銀座だとどういうことになるか。時々、雑誌に高級有名なすし屋のすしの写真など見るとのどをごくごくよだれが流れた。写真のほうが、実物よりずい分アップになるので、迫力がある。しかし、もっと超一流のところは、そーいう雑誌などには絶対に出てこないそーだと友人が教えてくれた。

ある日、どうしたことか、雑誌などにも出ないすし屋のすしをごちそうしてもらうことになった。もう私、うわずった。噂では知っていたところだが、夢かと思った。もちろん銀座である。

小さなぼんぼりに屋号だけの看板が、ひそっと光っていたのが、奥深い感じである。入り口から、お前ら入るなよ、誰でも入れてやるわけじゃないよというムードがぐっとある。入り口に半身入ったところで、いやあ、私選ばれて入るところですよという気分に自然になってしまった。私を連れていってくれた人は食通で有名な大作家だったので、私はそれにもおどおどしていた。

なにから注文したら正しいのか？　頭がぐるぐるしたが、そんなこと悩む必要がなかった。注文などしてはいけなかったのだ。

出されたものを黙って食わなくてはいけないのだ。

もう主人が立派である。なにかお気に召さないことをしでもしたら、カーッ、出て行ってもらおうという感じなのである。

＊

しかし、すしはとんでもなくうまいのである。注文しないのに出てくるすしは、今、私はこれが食べたかったのだとピタリと前に出てくるのである。隣を見ると、となりはぜんぜん違うものを食っている。私は目移りして、「それ食べたい」とそっと言うと、主人はカッと首を振り「駄目、その人その人の流れをちゃんと考えているんだから」私は恥じる。なんだか、主人にこびへつらいひくつな感じになってくる。

私は今でも食えなかったうまそうな〆鯖が目にうかぶ。

「これで、おしまい」主人が言うのである。私はムッとしたが、私のおなかは丁度よく本当におしまいの状態になっているのだ。お見事。

私は食べている間中こわかった。しかし、あんなうまいすしは、やっぱり食ったことがなかった。もう一度食いたい。しかし一生一度がよいのかも知れぬ。食いたいが、行きたいか？

正直、もう一回くらい食いたい。

に

に

人が集まるのを口実に、大好物の寿司を出前で頼む。特に好きだったアナゴと中トロ。自分の分だけ、この二種類にすることも。

に

【肉まんじゅう】

◉『ぼくの鳥あげる』

「じき帰ってくるからな、帰ってきたら、お前は肉まんじゅう屋のおかみさ。お前はぷくぷくしていて肉まんじゅうみてえだ、**俺の作る特別うめえ肉まんじゅうだ。肉まんじゅうみたいに食っちまいてえ**」

若ものは右手でぷくぷくした女中さんの手を握り、左手でぷっくりしたほっぺたの涙をふきました。

【煮干し】

◉『猫ばっか』

友達が煮干しの頭とはらわたをむしっていた。

煮干しの頭とはらわたをビニール袋に入れて、袋の口をしばった。

「どうするの」

ときくと、

「うちの猫は、頭とはらわたを残すのよ」

「捨てるんならもらう」

私は、うちの猫の餌ばちの中に、一つかみの、よその猫さまの食べ残しを入れた。

猫は興奮して、とり乱して食べながら、不思議な声さえ出した。

ふうむ、なるほど。

ミーニャ、それでいいんだよ。

たまの**煮干しの頭とはらわたで興奮できる幸せを、おまえはもっているんだよ。**

それが人生の喜びなんだからね。

に

【にわとり】

◉『乙女ちゃん』「にわとり」

「お宅大きなアルミの鍋ない？　丸ごととり入れてね、塩コショーしてね、まわりに玉ねぎ、じゃがいも、人参、セロリをどかどかっと置いてね、それにじゃぼじゃぼって白ワイン一びん入れましてふたしまして、天火で二時間むしまして、百八十度です。あとの十五分はふたをとっておいしそうなこげ目をつけまして出来上がりです。あー、うまそうだな」

「おばさん、にわとり聞いてるよ」

「聞いてないよ。目つぶっててんもん」

聞いてるぜ、目つぶって聞いてるぜ。えらそうに。

ぬ

【ヌードルスープ】

◉『私の猫たち許してほしい』「Schwarz Herz」

あと一週間でその街を離れようという時、それまで我慢し悪態をつきながら食べていたドイツの食べ物が、まったくのどを通らなくなった。その一週間を、一日一食ですませた。**中華料理店でヌードルスープとよばれるラーメンだけを食べた。**いよいよ最後のヌードルラーメンを食べ終わると、私は実に晴れやかに気前よく多めのチップをおいてきた。

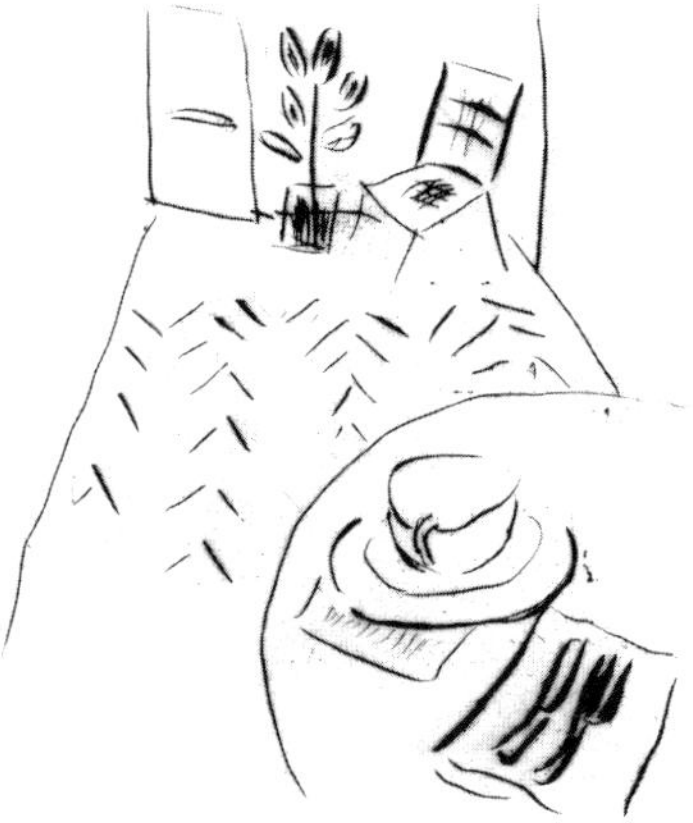

ね

【ねぎ】

◉『食べちゃいたい』「ねぎ」

佐竹さまの奥様は、五百万円以上だろうと噂された絞りのお召し物でした。帯は何だか私にはわかりませんでしたが、一センチくらいのダイヤモンドの指輪をなさっていました。河村さまのお嬢様は、パリに二度仮縫いに行かれたとかのシャネルのスーツでした。胸に、エリザベス・テーラーが手放したと言われたエメラルドのブローチをつけていらっしゃいました。

女の人が興奮なさるのは、比べるものがあるところでなくてはいけません。皆様ご満足だったと思います。

その時、あのねぎが入って来たのです。目の覚めるような緑の足をすっすっと動かして、上半身は真っ白でつやつや光っていました。**透明な白い肌に、それは繊細な白い筋が通って、真っ白な髪でした。**

「おう」と殿方がいっせいにねぎに見とれました。河村さまのお嬢様がねぎを自宅に招いて、皆様に納豆ごはんを振る舞われたそうです。ねぎを刻んだのは佐竹さまの奥様で、刻みながら、「裸で来るなんて卑怯よ」とおっしゃいました。

【のりのつくだ煮】

◉『ふつうがえらい』「バチが当たった」

私が一番好きなことばは「神は細部に宿る」というもので、米の飯が銀色にねっとり光っていたりすると、実に神は細部に宿っていると思い、**「ほっ、ほっ、おいしい」**とのりのつくだ煮などをのっけて、うれしいのである。

夜中にごそごそ起き出して、こそこそ食べることもあった。

の

【梅肉エキス】

◉『ふつうがえらい』「男は一人いればいい」

ラブレターを書く男は一人いればいいのである。注文も意見も、ただただその男に向かってのみ発生する。もしも男への愛があるとしたら、それを水でうすめて、空からふりまくなどという、もったいないことはしない。梅肉エキスを作るように、もいで、ふいて、おろして、しぼって、何時間も煮つめて、**べったりこすりつけてやりたい。**

【伯爵夫人のたいこ】

◉『がんばりません』「伯爵夫人のたいこ」

『私の洋風料理ノート』は人事院総裁佐藤達夫氏の夫人雅子さんの家庭料理の本である。

私はこの本で息子の好きな「伯爵夫人のたいこ」を何度も作ったし、デザートの「酒飲み」というお菓子も作った。ずいぶん汚れた。しかし**これは私にとって料理の本というより幸せな上流家庭小説のように思えた。**

＊

そこには美しいあらまほしき完璧《かんぺき》な妻が、夫が、優しい娘達が、父が母がい、そして申し分ない社会的地位と教養、モラルと経済力と歴史のある、ゆるぎない家庭が、雅子夫人の誇りと自信によって営まれているのである。……ということがメニューの間に書いてある。

私はハンガリアグラーシュなどというしゃれた料理を、その本をめくりながら団地の台所で作り、幼年時代は絹のリボンはおろか、芋の団子を食っていた。戦後のドサクサの子沢山の親は西洋風テーブルマナーなど及ぶところではなく、せいぜい「食い物を残すと目がつぶれるぞ」とか「ひじを下げろ」とか言ってにらみつけ、その合間に夫婦げんかもなさっていた。これが同じ日本人の立体的構図というものである。

息子の好きな「伯爵夫人のたいこ」はスペイン料理。マッシュポテトの間に炒めたひき肉とたまねぎを挟んで、オーブンで焼く。

は

はちみつ

◉『神も仏もありませぬ』「それは、それはね」

ある日衿子さんちに行ったら、フルヤさんがはちみつをしぼっていた。青いドラムかんの中に四角い木枠にびっしり張りついた巣をセットして、ぶんぶんぶん回していた。嘘みたいにたらたらはちみつがたまってゆく。たまったはちみつは、ドラムかんについている蛇口からビンにうつす。

「えー、蜂飼っているの、趣味かと思った」と言ったら、目が笑っていて、黙ってぶん回している。フルヤさんはいつも目が笑っていて、とても静かなので、私が野蛮人か野良犬になった気がする。台風の日に、巣箱のふたがしまって、蜂が全部死んでしまった事があると教えてくれた。台風の日なんか、何回も屋根に登ったりするんだ。たらたらたれるはちみつは、本当にありがたく貰いものだと思った。

なめたら夢のような味がした。フルヤさんは二びんもくれた。一つは栗の花の蜜で、もう一つは「野の花」と、フルヤさんのイラスト入りのラベルがついていた。こんなに気前よく二びんもくれるなんて、フルヤさんはやっぱりキリスト様だ。

私は宝物のようにチビチビなめた。バタートーストにはちみつをぬって食べると、うっとりした。売っている水あめ入りのはちみつ食っている全国の人達に向かって、「あっははは」と笑いたくなる。

お客が来ると、私は自分が作ったものでもないのに、自慢して恩きせがましく、「本当のは

は

ちみつ」にうんちくをかたむけた。

＊

ある年の暮れ、友達が来ておせち料理をこの家で作った。きんとんを作っていた最中、水あめが足りなくなった。友達が「サノさん、このはちみつ入れていい？」と言った時の私の反応はすごかった。間髪を入れず、「ダメ!!」と叫んでいた。友達はむっとした風だった。

「それは、それは、それはね」「わかった、わかった」と、ツンツン答えている。私はとんでもないケチだと思われている。でも「それは、それはね」と、心の中でいつまでも言っていた。百キロの砂糖は使ってもいいけど、それは、それはね。ちょっとなめて、花の香りと共に、木の下に立っている衿子さんや、青くて広い空や、野原の花や大きな栗の木が混然一体となって、**口中にひろがるのを夢みたいに味わうのよ。**ゆっくりそれが体中にひろがるのを感じるのよ。それは幸せってものなのよ。

宝物のようにチビチビなめていた、フルヤさんのはちみつ。大事にしすぎて今も残っている。

【母の水餃子】

◉『シズコさん』

六十九歳の友達のサトウ君は今でも時々「洋子さんのお母さんの餃子《ぎょうざ》もう一回食いたいなあ」と言う。

私の進路は父が決めた。私は芸大のデザイン科に行き、デザイナーというものにならねばならないらしかった。

父の同僚に彫刻家がいた。そこは静岡の芸大受験の予備校のようで、先生のアトリエに静高の生徒がデッサンをするために集まってきていた。そこにいたサトウ君は中学の時の一年上のクラスで、私は前から知っていた。

サトウ君は一年目は失敗して上京し、予備校の課題を週一回必ずハガキで一年間知らせてくれた。並の人間には出来ないことだと思う。私のすさまじい反抗はさすがに少しはおさまっていたのだろうか。

父か母の提案だったのか、サトウ君とその友達のタミヤ君の二人を食事に招いた。

家の餃子は水餃子で、家ではチャオズと言って、皮から母が作った。ひどく手間がかかるものだった。座敷に二人の男の子と私と父が同席して、大きなどんぶりを次から次へと母が運んで来たが、二人は父がいるものだからコチコチだった。父は察したのか「ごゆっくり」と言って中座した時、部屋の空気はサーッととけて、それがわかって三人で笑った。母の餃子は本場仕込みで、家では水餃子以外は作らなかった。今のようにどこにでも餃子がある時代ではなかった。

私は今でも母の水餃子はほんとうにうまかったと思う。

＊

母も親切で優しいサトウ君がすっかり気に入って、「私一日でいいからサトウ君みたいな人と結婚したい」と度々言った。父にない如才なさと暖かさにひかれたのかも知れない。サトウ君や私が結婚して家族ぐるみで、清水の家にも何度か来て、来るたびに言った。五十年たってもサトウ君は母の餃子を覚えている。

は

水餃子はほとんど作らなかったが、作るときはキャベツではなく白菜で。

は

【昼ごはん】

◉『親愛なるミスタ崔』「1971.10.20」

そして、私は今年の夏中かかって、とても好きな人が出来て、私は、その人に、一目あいたさに、朝早くから用もないところに出かけたり、仕事しているその人のそばでえんぴつ並べたり、見たくもない映画を見たり、読みたくもない本を読んだり、おかしくもないのに笑ってやったり、それに私がその人を好いていることを気づかれぬように苦労し、しかも嫌っていないことを知らせるために、お昼ごはん二回も食べたりすごく苦労したのです。そしたら、その人ホモだったんです。**私は何て運のいい人でしょう。**

ひ

【ピンク色の】

チャーハン ◉『乙女ちゃん』「ラジオ体操」

息子がピンク色のチャーハンを食っている。テーブルの上に一万円札が一枚のっている。

「それ、誰が作ったのよ」

私はピンク色のチャーハンを見て息子に言った。

「何言ってるの、自分で作って食って、悪いかよ。あ、それ、この間借りた金、返すよ」

私は一万円札をとり上げてすかして見た。

まんじゅう ◉『北京のこども』

葬式があった。

子供がたくさん集まってきた。

葬式は門の中で行われていて、子供はカトウくんの家の前の広場で、「あの子が欲しい、この子はいらない」と花一匁《はないちもんめ》をして遊んだ。

「オカマかぶって逃げといで」「キャー」

カトウくんの家の人が、ピンク色のまんじゅうを、子供に一つずつくれた。

子供たちは、ピンク色のまんじゅうにむらがった。

夕方で、広場も子供も赤く見えた。

ひ

息子が食っていたピンク色の
チャーハン。明太子とにら、だけ
のシンプルなチャーハン。

ふ

【蕗のトウ】

◉『神も仏もありませぬ』「今日でなくてもいい」

アライさんちに大人の傘より大きい葉っぱの蕗がある。一本煮るとなべ一ぱいになるが茎はやわらかい。丁度ちくわくらいの太さでちくわくらいの穴があいている。昨年一本もらって傘みたいに肩にかつぐと、背の高いサトウ君でさえ、コロボックル（見たことないが）か、小人みたいに見えた。小さいマリちゃんはものすごく可愛い妖精みたいだ。昨年の夏三人でびっくり笑いをしながら一本ずつもらってかついで来たのだ。

サトウ君はこの間「あのでっかい蕗の蕗のトウはこれくらいでかいのじゃないか」と手をバレーボールくらいの大きさに作って聞いたけど、蕗のトウの事は考えてなかった。サトウ君は「見て来てよ」と熱心に結構しつこく言ったので、昨日アライさんちの裏の巨大蕗の生えていたところに行くと、枯葉の中から蕗のトウが沢山ポコポコ出ていたが、ふつうの蕗のトウより少し大きいくらいで、バレーボールほどはなかった。

それを四つもらって今日サトウ君に見せて「これがあの蕗のトウだよ」と言うと「なあーんだ」とすごくがっかりした声を出した。

柄に方位磁石がついている山菜ナイフ。主に裏庭で蕗のトウを採るためだけに使用。

【ぶどう】

◉『乙女ちゃん』「鳥と蝉」

昨日の夕方病室に入って来た時、まさ子の亭主と息子と娘の四人が固まって、ぶどうを食べていた。わたしは一瞬ひるんだ。他人が入るスキが一ミリもなかった。

家族ってこういうものなのか。

【風呂敷から出てくるもの】

◉『北京のこども』

風呂敷がほどけると、中身がドタッとくずれて、私も兄も自分に関係のあるものはないかと必死になる。

衛生ボーロが出てくることも、動物の形をしたビスケットが出てくることもあった。

衛生ボーロは口の中でファーと溶けて、私は自分がグニャーとなるみたいに、いい気持ちだった。

動物のビスケットの表面には、ピンクや黄色や水色の砂糖がぬってあるものもあった。

兄と私は、前歯で砂糖をけずりとって、ビスケットだけにして口の中から何度もとり出して、動物の形をしらべた。

ゾウやウサギの形が、外側からどろどろに溶けていった。

食べかすが落ちるのも気にせず、
服についた食べかすは立ち上
がってパッパッと払っておしまい。

へ

【へびのぬけがら】

◉『ふたつの夏』「釘」

わたしは、へびのぬけがらをかくしてある木のところにいって、いちばんきれいなとってきのぬけがらをとりだしました。

＊

あめがやんで、日がさしてきました。

わたしはきのう帽子をわすれてきたことをおもいだしました。

とうさんは気がついたかしら。

わたしはがけを下りて川のほうにゆきました。帽子をおいたところに帽子はありません。

そしてあのいちばんきれいなへびのぬけがらだけがありました。

きのうの穴は川の水がふえてかたちがくずれていました。その上をきれいな水が大いそぎではしってゆきます。

わたしは、へびのぬけがらをひろってていねいにひとさしゆびにまきつけました。ぐるぐるまきにしたすこしぬれているへびのぬけがらをわたしはじっと見ました。そしてベロリとなめてみました。

なんにもあじがしない。わたしはへびのぬけがらをほどいて川にながしました。ぬけがらは生きているへびのようにくねくねしながら大いそぎで流れてゆきました。

【弁当】

◉『アカシア・からたち・麦畑』「包丁」

何が原因だったか忘れてしまったが、私と母は険悪になってもう何日も口をきいていなかった。

最初の日、私は夕飯を食べるのを拒否した。母は、食卓の前に私をすわらせ、説教を始めた。私にはそれが、母の都合だけをつみ重ねて、それもはてしなくとめどない方向に向かって行くと思われ、かたくなに何も言わなかった。

＊

次の日の朝食もとらなかった。台所に、私の弁当箱があった。一銭もお金がなかったので、致し方ない、弁当はかばんに入れた。昼時間弁当をあけると鮭の切り身が入っていた。鮭の切り身はごちそうだったので、母が、私さえあやまれば、休戦したがっているのだということがわかった。**鮭の切り身がおいしいことと、あやまることは別だった。**

ほ

【ほうれん草のおひたし】

◉『役にたたない日々』「二〇〇六年冬」

モモちゃんは料理をしない。するのはほうれん草のおひたしとポテトサラダだけである。**ほうれん草のおひたしは一株ごと鍋の中ではしでゆすりながらゆでる。**その方が仕上がりが均等でゆですぎにならない。私もそうするようになった。ポテトサラダは、じゃがいもがあついうちにレモンを一個しぼり込む、私もそうするようにした。

【ぼたもち】

◉『私の猫たち許してほしい』「とどのつまり人は食う」

ある日、やぶれかぶれになったのか、何か特別な日だったのか、両親が山ほどのぼたもちを買ってきた。サッカリンという頭痛薬のような白い錠剤が砂糖がわりだったときに、本物の砂糖を使った、粟でない本当のもち米で作ったぼたもちは、信じることの出来ない奇跡だった。もうそれ以上食べられないのに、ぼたもちは、まだ残っていた。

私は満腹してトイレに入った。

トイレから出てきて、手を洗いながら、私はしみじみ満ち足りていた。また、ぼたもちが食べられるとは思わなかった。タオルで手をふきながら、私は、「**なんて幸せなんだろう。**いま手を洗っているこの時が幸せなのだ。この幸せをいつまでも忘れないようにしよう」と思った。

板の間に片足をかけながら、私はその片足をよく見、洗った手をゆっくり見た。

私がはじめて鮮明に「幸せ」を自覚したのは、七歳のある、ぼたもちを腹いっぱい食べたときだった。

ほ

モモちゃんのゆで方

モモちゃんは年の離れた、洋子のいとこ。料理はしないが、おいしいものを知っている人。そのモモちゃんと同じようにほうれん草をゆでた。

【ホットケーキ】

◉『ねえ　とうさん』

あさに　なりました。
とうさんと　くまの子は　はを　みがきました。
かおも　あらいました。
かあさんは　ホットケーキを　やいています。
「ぼく、3まいね」　くまの子は　いいます。
「あら」と　かあさんは　いいます。
「はちみつ、2はいね」
「あら」と　かあさんは　いいます。
とうさんの　おさらには　ホットケーキ　6まい。
はちみつを　たっぷり　3ばい　かけます。
「ぼくね、とうさんに　なってから　6まいに　するの」
くまの子は　いいます。
「でも、バターは　たっぷりね。　ぼく、　くまらしく　ならなくっちゃ　いけないんだ」

ほ

【ポトフまがい】

◉『役にたたない日々』「二〇〇四年夏」


ぼーっとしていて、ぼーっとしているのにあきたので、ポトフまがいを作った。

残った野菜を全部ぶち込んで、セロリが嫌いな八百屋の親父の顔を思い出してセロリを入れた。こういう時は、**やっぱ肉はスジ肉を薪ストーブで二日くらい煮たいものだなあ。**

いつか、スジ肉を沢山入れたポトフのあくをとっていた時、めんどくさくなって、ザルに鍋ごとぶちまけて、スープと肉や野菜をわけた。スープにはまだ、細かいかすが残っていた。なめてみたらコンソメスープにとても似た味がしたので、コーヒーの濾紙を大きなコップにのせて、汁をこしたら信じられないくらい透明なスープが出来た。飲んでみたら帝国ホテルも顔負けのコンソメが出来た。塩も入れていないのにしっかりコンソメだった。えー私にもコンソメ出来るんだあ、その日は肉と野菜にからしをつけて、コンソメを飲んで、一人で感動していた。次に初めからコンソメを作るつもりで、同じように肉と野菜を煮た。同じようにコーヒー紙でこしたが、にごるのである。紙を二枚重ねた。それでもにごるのである。何で同じにならないのだ。

【骨つき豚肉にクランベリーのジャム】

●『役にたたない日々』「二〇〇三年秋 1」

ユユ子はさらに激怒すると思うが、骨つき豚肉にクランベリーのジャムをつけて食う料理も作り方を教えてもらいたかった。私はそーいう女なのだ。しかしもう十五年も昔の事だ。バアさんの私の胃が骨つき豚肉を受けつけるかどうかわからない。

ユユ子の料理はたっぷりとダイナミックで大きかった。ユユ子の料理で私はわかった。大らかな料理とせこい味の料理があることを。正確にさじではかって作っても、チクチクとせこい味の料理を作る人がいる。

見かけはきれいでも、薄っぺらな味の料理を作る人もいる。**そして自分がどんな料理を作っているかということはわからない。**

ほ

【巻き寿司】

◉『シズコさん』

巻き寿司は、**ほうれん草と玉子、しいたけ、ピンクのでんぶが入っていた。**やたら太かった。酢でしぼったふきんで時々包丁をふき、はじっこを手伝う私にくれた。

私はそんな時、母さん私が好きなのだろうかと思った。手伝うごほうびのつもりだったのだろうか。

少なくとも料理をしている時私をどなったりした事はなく、まるで気の合ったチームのようだった。

【まめごはん】

◉『さかな1ぴき なまのまま』

おばあさんは

「きょうの おひるは おまえの
すきな まめごはん」

と いいました。

「ぼく ほんとの ともだち
さがしたら いっしょに

さかなつりに　ゆく、まいにち」
ねこは　ざるを　おいて
たちあがりました。
「きょうの　よるは、おまえの
すきな　さかなの　しおやき」
と　おばあさんは　いいました。
「ぼく　ほんとの　ともだちが
いたら　ねずみだって
とれるかも　しれない、まいにち」
おばあさんは　だまっていました。
「ぼく　ともだち　さがしに　ゆく」
ねこは　げんきに
しゅっぱつしました。
おばあさんは　ずっと　まめの
かわを　むいていました。

み

【みかんと寒天のデザート】

◉『役にたたない日々』「二〇〇三年冬」

「ねえ、子供の頃、みかんと寒天のデザートっぽいのなかった？」

「あった、あれ、別においしくなかったけどきれいだったよねェ」「あれ嬉しかったよねェ」。

よく聞いたら、全然別のものだった。

トト子さんのは、みかんをくりぬいて、中身のジュースを寒天液にまぜて、みかんの皮の中に入れて、雪の中にうめておくのだそうだ。朝になると中身がシャーベット状になっているそうである。北海道だったからだ。何だか上等そうだなあ。

うちのはバットの中に甘くした寒天液を流し込み輪切りにしたみかんを並べて、四角く切って食べるのだった。

＊

トト子さんが帰ってから、私はぎょっとした。子供の時のみかん寒天が、鮮やかすぎるほどの色合いで、言って見れば、現実的でないくらいの鮮明さで、頭の中にシャカッ、シャカッと出現するのだ。

目の前にあるみかんよりも鮮明にシャカッ、シャカッ。

これって、恐ろしい事に、すごく私が老人になったという事ではないのか。老人は昨日の飯を忘れても幼年時代の記憶が、めりめりと鮮やかになってゆくそうだ。

私が子供を育てていた人生の盛りの頃の何かが、このような鮮やかさで、私に復活する事はない。
とち狂って作った消防車のような真っ赤なコートでさえ、思い出すと、ぼんやりと真っ赤である。あのみかんをほじくった後の寒天のぎざぎざしたへこみのぶるぶる透明な小さなかけらのへりの光りよう、ホーローのバットの角が少しせり上がるように寒天がホーローにひっついて、その角にだけ小さなあわがあった。

【ミモザサラダ】

◉『役にたたない日々』「二〇〇六年冬」

大学に入って上京してからモモちゃんに初めてごちそうになったのが、ミモザサラダというものだった。ポテトサラダの中にマカロニが入っていて、鳥ささみのフライがのっけてあって卵の黄身がミモザのように散っていた。銀座のレストランだった。**私にはすごくデラックスでシャレたものに思えた。**

【麦茶】

◉『右の心臓』

「**いやだ、麦茶知らないの。**ハハハ」とおばさんが笑った。テルちゃんが、「満州には麦茶ないのよ」と言った。「これ高いの」とわたしはあんまりおいしいのできいた。

おばさんは、「ハハハ……すごく高いわよ」と言ってもう一杯ついでくれた。

【蒸しパン】

◉『北京のこども』

電車通りにびっしりと屋台が並んでいて、支那人《しなじん》のわんわんした気配があった。

壁に白いかたまりを投げつけてあめをつくるあめ屋もいた。

三角の馬ふん色をした蒸しパンを並べている屋台もあった。

蒸しパンの中に干したなつめが入っていて、そこだけ光っていた。

大きな鉄のなべを地面に置いて火をたき、とうもろこしの粉をこねたものを、あっという間に二、三十個なべの内側に等間隔に「ペチャッ、ペチャッ」と投げつけるパン屋は、手品つかいみたいだった。

もち粟《あわ》の中にあんこを入れて揚げるチャーガオ屋には、人が行列していた。

ハエがぶんぶんまっ黒にむらがっていた。

む

め

【メロン】

◉『私はそうは思わない』「ううん、おれメロン食いたい」

大きなメロンを四つもらった。私がもらったのではない。六つもらった人が四つくれたのだ。メロンを六つもらう人とはどういう人なのか。この世のランクはメロンではかれるもののように思ってしまう。私が入院して、箱入りのメロンを一つもらった時、ああとうとう私もメロンを見舞いにもらえるほどになったのだ、長い道のりだったーと、一人でしんとしてしまった。

学校帰りにいやいやながら病室に寄った息子に、私はメロンを食べさせた。息子は二つに割ったどんぶりのようなメロンをすくって食べた。

「すげえなあ。母さん、病気するとこんなものもらえるの。ホントのメロンじゃん」

メロンを半分も食わせたんだから、息子は感謝してもう少し私の側にいるかと思ったが、薄いおわんのようにすくい尽くすと「悪いな」と言って出て行った。メロンを一度に半分も息子に食わせたことは教育上大変悪いことをしてしまったのではないかと、時々私は思った。今も思っている。

四つもらったメロンは、一つずつがうすい紙に包んであり、へたに赤と緑の細いリボンが結んであった。

家に遊びに来た中学三年生の女の子が冷蔵庫の中のメロンを見てしまった。

「わあ、おばさん。メロンがある、食べたい」

「いいわよ」

四つもあるんだからね。女の子は、自分でメロンを四分の一に切って、食堂のテーブルで食べた。四分の一って少し厚過ぎない？　でも四つもあるからね。

「もっと食べてもいい？」

「いいわよ」

少し体の様子が悪くて学校を休んでいた子だったから、病気だものちょうどよかったと思ったが、十五の少女の白い細い指がせわしく動いて、ついに丸二つのメロンを平らげた時、こういうのを〝犯人は朝食をペロリと平らげた〟と新聞は書くんだと思った。ペロリっていうのはこういうんだ。この子少し変なんじゃない。

その子がミカンを十個食べても私はメロンほどには反応しなかったんじゃないか。

私は息子にかくれて、メロン一個を何度もうすく切って食べた。意識的にかくれて食べたわけではないが、何故か、息子のいない時だけ食べた。家中に私しかいないのに、こそこそ食べた。妹が来て残りをやはりこそこそ食べた。

メロンは一個だけになった。

友達が遊びに来た。

「ね、ね、ね、メロンあるよ」

「えっ、ウソォー」

メロンはウソォーというのが正しい。

「ジャーン」私は高々とメロンを差し上げ、

「見て、見て、リボン付き」

「いやあ、ウソォー」

私はうす紙をはがし、真っ二つにメロンを切った。おつゆがまな板にたれた。桃太郎のばあさんだって桃を切る時こんなに気持ちよくはなかっただろう。何しろ桃は真ん中にでかい固いたねがあるもんね。

それを二つに切って皿に入れた。

リボン付きのへたを彼女に進呈した。「えっ、こんなに厚いの？　あなたウソみたいよ。生まれて初めてよ。あたし果物の中でメロンが一番好きなの。一番好きなの。もうヘラヘラしちゃう」

ヘラヘラして彼女はひとくち口に入れて、「あー」「あー」といった。メロンはこういう相手と食べるものなんだ。あーおいしいね。

「あなたわたし、しあわせ。もう本当にしあわせ。しあわせってこういうもんよね」

食べ終わって、私はメロンの皮をしみじみ見た。四分の一の皮は広々としたお皿の上でたらんとしていた。

その時、息子が帰って来た。友達連れである。「ごはんは？」「食った」というと息子は二階に上がって行った。よかった。気がつかなかった。

息子の友達は、ぐずぐずといるのである。「あんた、何か飲みたいの？」

「ううん、おれ、メロン食いたい」

め

息子の友達は皮に気がついたのだ。

「あれえ、あんた運が悪いね。今、今、たった今食べちゃった」

「もうないの」

「たった今なくなった。運が悪いねェ」

「ツイテネェナァ」友達も二階に上がって行った。

私の友達は私をこたつの中でけりっ放しだった。

「間髪も入れず、よくあんなこと言えるねェ」

「あんな奴らに食わせられるか。ねェ、あとの残り食べちゃおうか」

「ウソ、ウソ、ウソ、ウソ、うん食べちゃおう」

私達は息もつかずに、また息子が降りて来ないうちにガツガツコソコソ残り半分を食べた。

あーよかった。よかった。今もよかったと思っている。

友達が時々言ってくれる。「あのメロンおいしかったねェ。リボンなんかついちゃってさ」

六つもらって、四つもくれた人、私のこと好きなんだと思う。

【もち】

◉『役にたたない日々』「二〇〇三年冬」

正月に日本人は何としてももちを食わねば、承知が出来なかった。

この間ソウタんちに行って、正月は何食うの、と聞いたら、パンとコーヒー、うちはおせち料理なんか、何十年も食わないよ、と言うのを聞いた時、ナニィ、日本はどうなるのだ、お前それでも日本人かと、薄気味悪かった。薄気味悪がる私の方がおかしいのかも知れない。元旦からスーパーやってるんだから正月用の保存食など、本当はもう必要ないのかも知れないが、私は正月におせち料理を作らなかった事がない。何か理由があるわけではなく、そーいうもんだと思い込んでいるだけなのだ。

終戦後、私の家族は二年中国の大連で飢えと共に生きていた。丸二年白米など食った事がなかった。白米一升が五百円で、五百円で日本の子供を買ってくれる中国人がいたという。

真っ赤な汁のコーリャンのおかゆなど上等で、ふすまというものを食った。ふすまというのは、麦の皮だったというのは後で知って、うちのふすまは襖紙《ふすま》の表面にふすま状の粉のような茶色い斑点がついていた。襖紙は目のあらい絹の布がはってあった。私はあの襖についている斑点をどこかで集めて、売っていて、親がそれを買ってくるのだと思っていた。ふすまの団子というものは、すごいもんだった。

おがくずを団子にして蒸したほうがうまいかも知れない。

そんな時正月になった。

どこで手に入れたのか、元旦に我々は雑煮を食ったのだ。もちあわの黄色い、丸いもちだった。汁を張った瞬間に、**丸いもちはたちまちとけて、おわんの底にへばりついた。**

「何だ、こりゃ」と父が言い、母が、「やっぱりねェ」と言った。私がはしでぐるっとおわんをかきまわすと、もちはそのまま汁になった。

私達はドロドロした液体をずるずる飲んだ。

「やっぱりねェ」のやっぱりは一体何だったのだ。そんな時でさえ、日本人は雑煮を食いたかったのだ。食いたいではなく食うものだと思いこんでいたのだろう。

【もやし】

◉『役にたたない日々』「二〇〇七年冬」

私はテレビのコマーシャルの時だけ家事をする。テレビの前でも家事をする。もやしのひげ取り、枝豆切り、クリの皮むき、餃子の中身つめ、等々。

鍋みがきもテレビの前でやる。いつか気がついたら隣にみがき上がった鍋が私と一緒にテレビを見ていた。膝の上の半みがきの鍋と共にその時はちょっと落ち込んだ。

2000年頃。撮影：佐藤竹右衛門

や

【焼き魚の皮とお肉】

◉『ふつうがえらい』「おいしいよう」

この間、マニラでフィリピンの民族料理を食べさせるレストランへ行った。そこは手づかみで食べるのが正式の作法だから、はしもナイフもフォークもない。しかも高級レストランである。手づかみで食べるのよといわれた時から、私はわくわく前へつんのめりそうな気分になっていた。目の前に、バナナの皮だかしゅろの皮だかが広げられていた。丸ごと焼かれたでっかい魚がどんと出てきた。それを手でむしり取る。えーっ、焼き魚の皮とお肉の感触ってこんなものだったのか。このへんで骨に指が触るのか。指先が、もう食い物を食い始めている。おいしいようと指の先がいうのである。今までその部分は全部おはしが食っていたのね。長い間損していたような気分である。それをしゅろの葉の上でまとめて口にほうり込むと体全体で魚を味わう気分がする。ものを食う喜びが湧《わ》き上がってきてしまう。ガーリックライスを指でこねくり回すと、昔砂場で水をたらして砂の団子を作った時のなつかしさがよみがえってきた。

砂の団子は食えなかったが、このガーリックライスは食えるのだと思うとわなわなしてくる。子豚の丸焼きというのも食った。表面の皮がカリカリにきつね色にこげて、その下にねっとりした脂《あぶら》と肉がある。指先は脂でネトネトしてギロギロに光っているが、カリカリの皮とねっとりした肉は直接触らなければ食ったといえないなあと、私はベロベロ指先をなめている。**指先さえ食えそうな気がする。**物を食うとは本来こういうものだったのだと太古の先祖と私は共存しているような気がした。

【焼きそば】

◉『恋愛論序説』「二十一歳……夏」

五分休みに突然うしろで「線がきれいだけど、走りすぎているよ。もう少し紙の中に収めるようにしないとはみ出した部分がごまかしになっちゃう。全体を収めてから、こういうのやるといいよ」という声がして、勿論ガラなのです。

私はつい、「どういう風に? 描いているとこうなっちゃうんだよ。そうかあ、じゃあもっと大きな紙に描いてみるよ」と言っちゃいました。それで、帰りはまるっきりけんかなんかしなかったように帰りました。そして「焼きそば食べよう」とすごくきたない店に連れていってくれました。

汚いけどおいしかったのですが、食べ終わるとガラは手帖を出して「洋子に三十五円貸し、焼きそば代」と書いて、私に見せました。私はてっきりごちそうしてくれるのかと思ったのでムッとしましたが、すぐ三十五円返しました。明日から学校で私は恥ずかしい立場です。ガラと絶交したと言いまわっていたからです。もう全く信用がなくなるでしょうし、私には永久にボーイフレンドが出来ないでしょう。

や

すっぱい焼きそば

「どうせ食べるときに酢をかけるなら、作るときにかければいい」と、洋子が考案した焼きそば。むせかえるほどにドボドボと酢を入れて作る。

【材料】3〜4人分
- 干し椎茸…6〜7枚
- ピーマン（細切り）…7〜8個
- 豚もも肉（細切り）…200g
- 中華麺（蒸し 焼きそば用）…3玉
- かたくり粉…大さじ2
- にんにく（粗みじん切り）…ひとかけ
- 酢…カップ1/3
- 水…500cc
- サラダ油…適宜

【A】
- 紹興酒…大さじ1
- しょうゆ…大さじ1.5
- かたくり粉…大さじ1
- ごま油…小さじ1

【B】
- 紹興酒…大さじ2
- しょうゆ…大さじ2.5

【水溶きかたくり粉】
- かたくり粉…大さじ1
- 水…大さじ2

【作り方】

1 干し椎茸は水につけて戻しておく。

2 干し椎茸の水けを軽く絞り、いしづきを取り除いて薄切りにする。椎茸の戻し汁はとっておく。

3 ボウルに豚肉を入れ、Aを加えて手でよくもみ込む。

4 フライパンにサラダ油を入れ、麺をほぐして入れる。なるべく動かさず、弱火〜中火で片面を焼きはじめる。

5 別のフライパンにサラダ油を中火で熱し、3の豚肉をほぐしながら炒める。豚肉に火が通ったらいったん取り出す。サラダ油を少し足して、ピーマンも炒める。同じく火が通ったらいったん取り出す。

6 4のフライパンを確認する。こんがり焼けたら裏返し、裏面も同様に焼く。

7 5のフライパンにサラダ油を少し足して中火で熱し、にんにく、椎茸を入れて炒める。香りがたったら、椎茸の戻し汁とBを加える。煮立ったらアクを取り、火を止める。水溶き片栗粉を少しずつ加え、もう一度火を点けてとろみが出たら、5の豚肉とピーマンを入れ、全体をざっくりと混ぜる。

8 4のフライパンを強火にし、酢をまわしかけてほぐすように混ぜる。酢を軽くとばし、麺を皿に盛る。7のあんをかける。

や

【ヤンソンの誘惑】

◉『ふつうがえらい』「ヤンソンの誘惑」

料理の下手な女はトロイというのが私の確固たる偏見である。私は友達に料理の下手な女を持ちたくないと思っていた。今日はどこかで外食をしようと思う時、私の外食とは他人の家で飯を食うということであるから、つばが思わず出てくる家を選びたい。

その中でもヤンソン由実子は実に圧巻である。外に雨が降っていてもヤンソン由実子の朝は光り輝くでっかい太陽が昇るがごとく、ぱあーっと明るいのである。その光は、あまねく人間にふりそそぐ。「ねえ、ねえ、今朝の食事は何だと思う？　ふっふっふ、待ってなさいね。うーん、わぁー嬉《うれ》しい、ふっふっふ」とでっかい太陽は台所でうたう。手抜きなど何もしなくて、それでも実に素早い。ブルーチーズをてんこ盛りにした黒パンをヤンソン由実子は夢見る瞳でパックリとお食べになる。

「ウーンおいしい。ねえ、ねえ、お昼は何にする？　うーんどうしようかな、これもう一個食べちゃおうかな、太るわね」

きれいに三つに切ってある、汁で光っているマンゴーの真ん中の平べったいところを由実子はふっくらとして先細りの白い手でつまみ上げて、ぺろぺろしゃぶりつく。手がマンゴーの汁でまみれると指の一本一本を根本からスッポンスッポンと口の中へ入れてしごく。夢見る瞳のままで。

「ここが一番おいしいのよねェ」

こうして朝が始まると夕食はどうなるか。私は由実子の手から生まれた、ほうれん草のスフレや、固まりのままのでっかい豚肉をラズベリーのソースで食べるものや、生肉のブランデー漬けや、真っ赤なビーツの塩ゆで、「ヤンソンの誘惑」という名のじゃがいも料理、それから、それから、いっぱいいっぱいいっぱい食べさせてもらった。食べる由実子を見せてもらった。

食べる快楽をこのように十全に満ちあふれさせる人を私は他に知らない。料理する由実子、食べる由実子、人に食べさせる由実子、現世の幸せというものは、これだと思わせる。どんな一流のレストランで食べるよりも私は由実子のレストランが圧倒的だと思う。

昔、由実子とけんかをした。私が後悔したのは、「由実子にまだ教えてもらってない料理がいっぱいある。全部教えてもらってからけんかすればよかった畜生!!」というものだった。

「ねえ、今夜はね、とり一匹にダブダブにぶどう酒を入れてね、それにィ」と誘惑されたら、「えっ、行く行く」と言わずにいられる人はいませんよ。電話の向こうにもういい匂いがしている。グルメのガイドブックで、あっちこっちさまよっている、自分で料理もしない男や女を見ると、哀れな奴等、ヤンソン由実子を知らないな、ふっふっふと思ってしまう。

「ヤンソンの誘惑」

「真っ赤なビーツの塩ゆで」

【雪】

◉『私の猫たち許してほしい』「空から降るもの」


雪が降ると、またもや私は外へ走りでて、大口をあけて、天をあおいだ。

雪は雨よりもゆるやかに降り、かすかに口の中に落ちてとけた。

雪も口の中で甘くひろがった。

私には雪の山はお砂糖の山に見えた。

私達は甘いものに飢えていたから、**庭につもった雪の山は巨大な砂糖の山に見えた。**甘いものはサッカリンといわれる錠剤しかなかった。

*

次の日、太陽でとけかかって黒い地はだが見えはじめた雪の山は、私をとてもみじめにした。

それは、貴重なおいしい砂糖に対する冒瀆《ぼうとく》であった。

ゆ

【洋生】

◉『私はそうは思わない』「昔のように笑うことができなかった」

私の子供の時を知っている人から「あなたは時々にいーっと笑う子供だった」と言われた時、何だか自分が薄きみ悪い子供だったような気がした。

私をにいーっと笑わせたものは何だったのか。たまに遊びに来る小母さんに対する親愛をにいーっと現わしたのか。

小母さんのおみやげの洋生《ようなま》といわれた**ピンク色のバタークリームがのっかったケーキに舌なめずりをしたのか。**恥ずかしさをごまかすためににいーっとやったのか。

しかしにいーっと笑ったのだろうと思う。

ら

【ライチ】

◉『食べちゃいたい』「ライチ」

何十年も私はあの人の記憶の底で死んでいた。

私のことだけ忘れていたんだ。あの人は私の国の黄色いほこりや、手をかざすと太陽の光で透けたあの子の小さい手が秋の空の青さで紫色のハレーションを起こしたことなんか憶えていた。あの子の家の隣のあひるのことも、庭の蟻のことも忘れていなかった。あの庭の松葉ボタンも犬のジョンのことも時々思い出していた。冬になると窓ガラスをレースのように覆う、氷の模様も憶えていた。石炭で腹を真っ赤にしたストーブの側で、凍った熟した柿をスプーンですくって食べたことも忘れていなかった。

父親があの子に買ってきた、ふわふわしたうさぎの毛のついた靴下も、壊れてしまった自転車のことも憶えていた。その思い出にいつもあの人と小さい兄さんがいた。

自分の子供が生まれてくると、子供を寝かしつけながら、「母さんが小さい時に食べた、すごーくおいしいものの話してやろうか」「どんなもの?」「あなたが知らないもの。黄色い栗のおもちの中にね、黒いあんこが入っているの。それを道でね、中国人が大きなお鍋に入った油でね、ジャーッと揚げて、道に立ったまんま食べるの。あわてて食べるとあんこで舌がやけどしちゃうの」「僕も食べたい」「日本にはないの。あなたが知らないもの、母さんたーくさん食べたんだ」「それから?」「外側が真っ赤で、中が真っ白な甘ーい大根。こーんなに大きいの」「どんくらい?」「こんくらい」「それから?」「肉まん」「あー僕だって食べたことあるもん、肉まんなんか」「ぜーんぜん違う味してるんだ、ぜーんぜん違う匂いがしているんだ。あー思い出しただけで、よだれがたーらたら」

でもあの人は私のことは忘れていた。

六本木の料理屋であの人はまた私に会った。私をしげしげと見て、あの人は思い出さなかった。思い出さないばかりか、「なんですかこれ?」と隣の人にきいたりしていた。私は思い切って、裸になった。真っ白な裸の私を見て、あの人は「あっ」と言った。

そしてそうーっと、私を唇の間で噛《か》んだ。私の汁が肉から破れてあの人の唇からたれた。

「あー」とあの人は言った。あふれるようにあの人は私を思い出した。私ははるばる中国から来たのだから。「兄さん」とあの人は言った。まもなく死んだあの子の小さい兄さんを私も思い出した。ボールいっぱいに剝かれた私を幼い兄さんと食べたことを、私を口の中で汁と果肉をぐちゃぐちゃにしながらあの人は思い出していた。私ははるばる中国から来たんだもの。

り

【りんご】

◉『ほんの豚ですが』「猿」


猿は人生の大半を夫婦げんかをして暮らしてきた。

「ここに食べ物を置かないで。何度言ったらわかるの」

「おまえの味覚が鈍いんだ。**りんごより芋がうまいなんて育ちがわかるぜ**」

どんな小さなことも争いの種になった。

そうして年老いた。

年なりに呆《ぼ》けてきた。

「芋はやっぱりうまいな」

夫はりんごという言葉を忘れている。

「あら、どうもありがとう。ここに靴下干してくれたのね」

妻は自分がさっき洗濯したことをすっかり忘れていた。

「ありがとう」

「ありがとう」

【ルルくんのケンタッキーフライドチキン】

◉『おとうさん　おはなしして』「てんらんかいの絵」


「ちょっとまてよ、何をつくるんだ」

「ケンタッキーフライドチキンだよ」

「そんなもの、どうやってつくるんだ」

「テレビでやってたもん。こういう形のお肉、骨がついてるのに粉つけて、油おなべいっぱいにして、火つけるだろ。それから、こうやって指と指にそのお肉はさんで油にいれるの。手ではさんだまんま油につっこむのさ、その時笑うの、〝カーネルくん〟ってね、かんたんだよ」

「おまえ、手までフライになってしまうぞ」

「ほんと？　それじゃあ、手もたべられちゃうね。ぼく、いままで、自分の手食べられるなんて思わなかった。**ぼくの手おいしいと思う？**」

「そりゃ、いちかわのおじいちゃんの手よりやわらかくてうまいだろうよ」

「骨まで食べられる？」

「骨はむりだろう」

「そうか、骨はとっておいたほうがいいね。あとでつかえるもん。ねーえ、こっからさき、お肉たべたら、ほら、手だけがいこつになるよね。かっこいいなあ、じゃあ、待っててね」

作り続けたレバーペースト

自慢のレバーペースト、
作るたびに教えてくれた友人を思い出す。

れ

【材料】7〜8人分
●鶏レバー…300g
●たまねぎ（みじん切り）…1/2個
●セロリ（みじん切り）…1/2本
●パセリ（みじん切り）…1/2ワ
●にんにく（すりおろし）…ひとかけ
●ブランデー…大さじ2
●バター85g
●塩…適宜
●こしょう…適宜

【作り方】
1 ボウルにたっぷりの水と塩をひとつまみ、レバーを入れ20分間ほど血抜きをする。レバーの筋や血の塊を丁寧に取り除き、流水できれいに洗う。レバーの水けをふき、2cm角に切る。
2 フライパンにバター25gを弱火で熱してにんにくを入れる。香りがたったら、たまねぎを加えて中火でよく炒める。
3 レバーを加え、軽く塩、こしょうをふる。
4 セロリを加え、3分間ほど炒めたらブランデーをふりかける。
5 弱火にしてアルコールをとばす。フライパンにふたをし、ブランデーの水分がなくなるまで蒸し煮にする。
6 5をフードプロセッサーにかけ、なめらかなペースト状にする。
7 6を温かいうちにボウルへ移し、バター60gを6〜7mm角に切って加える。さらにパセリを加え、全体をしっかり混ぜ、塩で味を整える。
8 容器へ移し冷蔵庫で冷やす。

れ

【レバーペースト】

◉『役にたたない日々』「二〇〇三年秋 1」

自慢じゃないが、いや自慢だが、私のレバーペーストは絶品である。売っているのなんかレバーペーストとは言えん。**秘密はちょろりと入れるブランデーである。** 酒を飲まん私にブドウ酒など持って来ないでほしい。みんな人が飲んでゆく。しかしナポレオンならとても嬉しい。まだ使ったことがないが、レバーペーストに入れたい。

＊

甘みはよくよくいためる玉ネギで、玉ネギをよくいためるとどんなに甘くなるか私は知っている。いつか、オニオンスープを作ろうとして大鍋で四時間いためた。大鍋いっぱいの白い玉ネギは四時間たったら、こぶし大の透明なきつね色の固まりになった。ちっとつまんだら、信じられんほど甘かった。もう菓子だった。私は立ったまま全部食べてしまった。玉ネギ七、八個分だった。あとで、玉ネギ七、八個五分で食べたかと思うと妖しい気分になった。スープを作る材料は食っちまった。

レバーペーストは今日は表面が焼けすぎて少し黒くなったが、やっぱりうまかった。

ろ

【ローピン】

◉『私はそうは思わない』「内地に帰ったら白いごはんにシャケを食べたい」

三十過ぎて、私は急に子供の時母が作ってくれたローピンを作ろうと思った。

母が孫の顔を見に遊びにきた時、私はテーブルの上に白い粉をまき散らし粉をこねた。こねながらゴマ油をねり込んだ。それをめん棒で大きく丸くのし、一面にゴマ油をペタペタとまんべんなく指でのばし、塩をふりかける。その上に豚のひき肉を一面におしつけ、みじん切りのねぎをふりまき、はじからくるくると巻き上げて細長い棒にする。それを蛇がとぐろを巻くように巻き、上から手で押しのばした。母は「へー」と驚いて見ていた。「私忘れたわ、あんたどうして知っているの」私はこれ見よがしに出来上がったローピンをひっくり返した。「昔、母さんが作るの見ていた」「あなたよく覚えていたわねェ」と母はなつかしいローピンよりも、自分の娘が頭が良いしっかり者だったことの方を喜んでいるように私には見える。小さい息子がじいっと見ていた。私はこねた粉のかたまりからちぎって小さなかたまりをわたした。

油をひいたなべで私はローピンを焼いた。

＊

母が昔作ったローピンと同じ味がした。母は北京で作ったきり一度も作らなかったと言い、食べかけのローピンを何度もしげしげと見ていた。

ローピンは外地のまだ私達が貧しくはなかった時の通常の昼ごはんだった。

ろ

洋子のローピン

皮はなるべく薄くのばす。
しょうゆをちょっとつけて食べるのが洋子風。

【材料】4種類各1枚分
生地
●薄力粉…400g
●水…200cc
●ごま油…大さじ1
あん
●ねぎ（粗みじん切り）…1本分
●豚ひき肉…160g
●塩…適宜
●ごま油…適宜
●甜麺醤《テンメンジャン》…適宜

【作り方】
●生地
1 ボウルに薄力粉、水、ごま油を入れ、よくこねる。
2 よくこねた生地をラップで包み、常温で30分間ほどおく。
3 生地を4等分にして丸める。台に多めの打ち粉をふり、めん棒で生地をできるだけ薄く円形にのばす。
4 薄くのばした生地全体にごま油をぬる。

●塩とひき肉のローピン
1 〈生地〉の4の全面に塩をパラパラとふる。
2 豚ひき肉の半量を指の腹で薄くぬりつける。その上にねぎ1/4量をまんべんなく散らす。
3 手前から向こう側へ巻く。
4 巻いて棒状になった生地を、さらに端から巻いて円形にする。
5 4をめん棒で厚さ1cm、直径約20cmの円形にのばす。
6 フライパンに油を熱し、こんがりと焼き色がつくまで両面焼く。
※以下3種も、3〜6は同様に。

●塩とねぎのローピン
1 〈生地〉の4の全面に塩をパラパラとふる。
2 ねぎ1/4量をまんべんなく散らす。

●甜麺醤とひき肉のローピン
1 〈生地〉の4の全面に甜麺醤をぬる。
2 豚ひき肉の半量を指の腹で薄くぬりつける。その上にねぎ1/4量をまんべんなく散らす。

●甜麺醤とねぎのローピン
1 〈生地〉の4の全面に甜麺醤をぬる。
2 ねぎ1/4量をまんべんなく散らす。

※本来、ローピンは、肉が入ったものだが、洋子はこの4種類すべてを「ローピン」と呼んでいた。

わ

【和菓子】

◉『北京のこども』

私はたたみの部屋の棚の上にある、白いボール箱を何度も見にいった。

ボール箱の中に、和菓子とケーキが入っていた。

ピンクのクリームがのっかっているケーキが一つあった。

私はその中のグリーンの和菓子を、何度もじっと見た。

グリーンの和菓子は二個あり、緑色の透き通ったあんをぎゅっと手で握った形になっていた。

私はそのグリーンの和菓子のはじを少し食べた。

そして、自分の手でぎゅっと握り直して箱に戻した。

隣のグリーンの和菓子よりも少し小さくなって、表面がベタベタしていた。

私は箱のふたを閉めた。

1960年頃。

【わたしのぼうし】

◉『わたしのぼうし』

わ

とても　あつい　日でした。
わたしの　てっぺんに　お日さまが
とまっているようでした。
「ぼうしを　かぶらないと、　びょうきに
なるから」と　おにいさんが　いいました。
わたしは　すわって、　ぼうしの　つばの
ところを　かじって　ひっぱりました。
はの　あとが　ついたので、こすると、
すこし　くろく　なりました。

わ

あとがき

食べ物にまつわる話を切り取ることで、佐野洋子の人生や人となりが見えてくるのではないだろうか？　そんな雑談からこの本は始まりました。

それから絵本、童話、エッセイなど全作品から食べることについての記述を全て抜き出したところ、食べ物以外で口に入れたものがなんと多いことか。

「雨」「石」などの自然物から、「セーター」「新聞紙」など人工物までありとあらゆるものを口にしていました。

当初の意図とは多少変わってきましたが、改めて「食べ物」というより「口に入れたもの」として作品を読み返すと、また違う佐野洋子を感じるようになりました。時代背景もさることながら、それにも負けない好奇心の強さ。たくましさが見えてきます。

面白いかも。しばらくして本格的に作業を開始することになりました。

私たちの希望を実現するために綺麗な写真をたくさん撮ってくれた安彦幸枝さん、料理を再現してくれた広瀬弦さん、素敵なブックデザインを手がけてくれた天野誠さん、あちらこちらへ奔走してくれた編集の川村玲美さん、その他関係者のみなさんのおかげで今ようやく形にすることができました。

いかがだったでしょうか。私たちはパラパラとページをめくりながら楽しく佐野洋子について思いを巡らせています。そして、何度でも言いたくなります。

『あの庭の扉をあけたとき』というお話の中で、お父さんがしゃがんでいる主人公の「わたし」にかけた声と同じこと。

みなさんも後ろを向いてしゃがんでいる洋子に声をかけたくなりませんか。

「なに食ってんだ」

オフィス・ジロチョー

引用文献一覧

【絵本】
『おじさんのかさ』銀河社 1974 講談社 1992／『おれは ねこだぜ』偕成社 1977 講談社 1993／『さかな1ぴき なまのまま』フレーベル館 1978／『空とぶライオン』講談社 1982／『だってだっての おばあさん』フレーベル館 1975／『ねえ とうさん』小学館 2001／『100万回生きたねこ』講談社 1977／『わたしのぼうし』ポプラ社 1976

【童話】
『あっちの豚 こっちの豚／やせた子豚の一日』小学館文庫 2016／『あの庭の扉をあけたとき』ケイエス企画 1987 偕成社 2009／『あのひの音だよ おばあちゃん』フレーベル館 1982／『おとうさん おはなしして』理論社 1999／『ふつうのくま』文化出版局 1984 講談社 1994／『ぼくの鳥あげる』フレーベル館 1984／『みちこのダラダラ日記』（絵・沢野ひとし） 理論社 1994

【エッセイ】
『アカシア・からたち・麦畑』文化出版局 1983 ちくま文庫 1992／『あれも嫌い これも好き』朝日新聞出版 2000 朝日文庫 2003／『覚えていない』マガジンハウス 2006 新潮文庫 2009／『神も仏もありませぬ』筑摩書房 2003 ちくま文庫 2008／『がんばりません』新潮文庫 1996 ※『佐野洋子の単行本』（本の雑誌社 1985）を改題／『シズコさん』新潮社 2008 新潮文庫 2010／『ふつうがえらい』マガジンハウス 1991 新潮文庫 1995／『北京のこども』小学館 2016 ※『こども』（リブロポート 1984）を改題／『問題があります』筑摩書房 2009 ちくま文庫 2012／『役にたたない日々』朝日新聞出版 2008 朝日文庫 2010／『ラブ・イズ・ザ・ベスト』冬芽社 1986 新潮文庫 1996／『恋愛論序説』冬樹社 1984 中公文庫 2000／『私の猫たち許してほしい』リブロポート 1982 ちくま文庫 1990／『私はそうは思わない』筑摩書房 1987 ちくま文庫 1996

【小説、その他】
『あっちの女 こっちの猫』講談社 1999／『乙女ちゃん』大和書房 1988 講談社文庫 1999／『クク氏の結婚、キキ夫人の幸福』朝日新聞出版 2009 朝日文庫 2011／『親愛なるミスタ崔』（共著・崔禎鎬） クオン 2017／『そうはいかない』小学館 2010 小学館文庫 2014／『食べちゃいたい』筑摩書房 1992 ちくま文庫 2015／『猫ばっか』講談社 1983 講談社文庫 2001／『ふたつの夏』（共著・谷川俊太郎） 光文社 1995／『ほんの豚ですが』白泉社 1983 小学館文庫 2015 ※『もぞもぞしてよ ゴリラ』を併録／『右の心臓』リブロポート 1988 小学館文庫 2012／『私の息子はサルだった』新潮社 2015

【挿画】
p.16、236『わたしのぼうし』ポプラ社 1976
p.23『はだか』（詩・谷川俊太郎） 筑摩書房 1988
p.40、帯『100万回生きたねこ』講談社 1977
p.51『にんじゃごっこ』（作・舟崎靖子） あかね書房 1978
p.70『だってだっての おばあさん』フレーベル館 1975
p.72『おとうさん おはなしして』理論社 1999
p.80、背『空とぶライオン』講談社 1982
p.82『あっちの豚 こっちの豚／やせた子豚の一日』小学館文庫 2016
p.87、88『おれは ねこだぜ』偕成社 1977／講談社 1993
p.97『猫ばっか』講談社 1983／講談社文庫 2001
p.98『まるごと好きです』（著・工藤直子） 筑摩書房 1985／ちくま文庫 1996
p.103『あの庭の扉をあけたとき』ケイエス企画 1987／偕成社 2009
p.111『クク氏の結婚、キキ夫人の幸福』朝日新聞出版 2009／朝日文庫 2011
p.114『おじさんのかさ』銀河社 1974／講談社 1992
p.131『ふつうのくま』文化出版局 1984／講談社 1994
p.157、205『ふじさんとおひさま』（詩・谷川俊太郎） 童話屋 1994
p.158『ピアノ連弾小曲集 アンドレ・カプレ 音楽の玉手箱1』全音楽譜出版社 2000
p.183『女の一生 II』トムズボックス 1994
p.187『わたしが妹だったとき』偕成社 1982
p.199『入場料四四〇円ドリンクつき』（共著・谷川俊太郎） 集英社文庫 1995 ※『入場料八八〇円ドリンクつき』（白泉社 1984）を改題
p.201『ぺこぺこ』文化出版局 1993
カバー裏『まほうつかいのクリスマス』（文・森山京） あかね書房 1997

※上記にないものはすべて書籍未収録です。

佐野洋子（さの・ようこ）

1938年、北京に生まれる。武蔵野美術大学デザイン科卒。1967年、ベルリン造形大学においてリトグラフを学ぶ。主な作品に『100万回生きたねこ』（講談社）、『おじさんのかさ』『おばけサーカス』（講談社・サンケイ児童出版文化賞推薦）、『すーちゃんとねこ』（こぐま社）、『わたしのぼうし』（ポプラ社・講談社出版文化賞絵本賞）、『だってだっての　おばあさん』（フレーベル館）、『ねえ　とうさん』（小学館・日本絵本賞／小学館児童出版文化賞）などの絵本や、童話『わたしが妹だったとき』（偕成社・新美南吉児童文学賞）、『神も仏もありませぬ』（筑摩書房・小林秀雄賞）、『役にたたない日々』（朝日新聞出版）、『シズコさん』（新潮社）、『死ぬ気まんまん』（光文社）などのエッセイ、対談集も多数。2003年紫綬褒章受章、2008年巌谷小波文芸賞受賞。2010年、72歳永眠。

佐野洋子オフィシャル・ウェブサイト　http://www.office-jirocho.com

装丁・レイアウト：天野 誠 (MAGIC BEANS)
撮影：安彦幸枝 (提供写真、及びp.144を除く)
料理制作：広瀬 弦
モデル：アーケロン (カバー)
取材・撮影協力、写真提供：オフィス・ジロチョー
撮影協力：四日市地域まちかど博物館　川原の一本松
校正：山内寛子
編集：川村玲美 (NHK出版)

佐野洋子の「なに食ってんだ」

2018年３月10日　第1刷発行
2020年10月25日　第2刷発行

著者　佐野洋子
編者　オフィス・ジロチョー

発行者　森永公紀
発行所　NHK出版
〒150-8081　東京都渋谷区宇田川町41-1
TEL：0570-009-321（問い合わせ）
0570-000-321（注文）
ホームページ：https://www.nhk-book.co.jp
振替　00110-1-49701
印刷・製本　廣済堂

Printed in Japan　ISBN978-4-14-081731-5　C0095